bibliocollège

Bonjour tristesse

FRANÇOISE SAGAN

Notes, questionnaires et dossier Bibliocollège
par Cécile PELLISSIER,
certifiée de Lettres modernes,
professeur en collège.

Crédits photographiques :

p. 5 : Françoise Sagan en 1987, photographiée par son fils Denis Westhoff, © Denis Westhoff/Gamma. **pp. 6, 12 :** © Sabine Weiss/Rapho. **pp. 15,17 :** Vue générale de Saint-Tropez (Var), © photothèque Hachette. **pp. 62, 77 :** photo de Maurice Rué, © photothèque Hachette. **p. 63 :** Le Café de Flore en 1953; donnant sur le boulevard Saint-Germain, © photothèque Hachette. **p. 118 :** photo Cl. Boulanger, © photothèque Hachette. **pp. 122, 139, 144,147 :** © photothèque Hachette.

Maquette de couverture : Laurent Carré
Maquette intérieure : GRAPH'in-folio
Composition et mise en pages : APS

hachette s'engage pour
l'environnement en réduisant
l'empreinte carbone de ses livres.
Celle de cet exemplaire est de :
350 g éq. CO_2
Rendez-vous sur
www.hachette-durable.fr

PAPIER À BASE DE
FIBRES CERTIFIÉES

Dossier du professeur téléchargeable gratuitement sur :
www.enseignants.hachette-education.com

Achevé d'imprimer en Mars 2025 en Espagne par CPI Black Print
Dépôt légal : Février 2018 - Édition : 07 - 63/6795/5

ISBN : 978-201-394994-1

© Julliard, 1954.

© et ℗ Audiolib, 2008, pour les extraits audios.

© Hachette Livre, 2018, 58 rue Jean Bleuzen, CS 70007, 92178 Vanves Cedex, pour la présente édition.

www.hachette-education.com

Tous droits de traduction, de reproduction et d'adaptation réservés pour tous pays.

Le Code de la propriété intellectuelle n'autorisant, aux termes des articles L.122-4 et L.122-5, d'une part, que les « copies ou reproductions strictement réservées à l'usage privé du copiste et non destinées à une utilisation collective », et, d'autre part, que « les analyses et les courtes citations » dans un but d'exemple et d'illustration, « toute représentation ou reproduction intégrale ou partielle, faite sans le consentement de l'auteur ou de ses ayants droit ou ayants cause, est illicite ».
Cette représentation ou reproduction, par quelque procédé que ce soit, sans autorisation de l'éditeur ou du Centre français d'exploitation du droit de copie (20, rue des Grands-Augustins, 75006 Paris), constituerait donc une contrefaçon sanctionnée par les articles 425 et suivants du Code pénal.

Sommaire

> Écoutez et téléchargez gratuitement
> sur notre site www.parascolaire.hachette-education.com
> les 3 extraits lus par Sara Giraudeau
> et signalés ici par le logo 🎧.

❶ L'auteur

L'essentiel sur l'auteur 4
Biographie 6
Interview de Denis Westhoff 10

❷ *Bonjour tristesse* (texte intégral)

Première partie 🎧 **PISTE 1** 17
Questionnaire : Une scène d'ouverture contrastée 23
Questionnaire : L'amorce du déséquilibre 48
Deuxième partie 🎧 **PISTES 2 ET 3** 63
Questionnaire : Les marionnettes de Cécile 74
Questionnaire : Un dénouement tragique 124
Retour sur l'œuvre 127

❸ Dossier Bibliocollège

L'essentiel sur l'œuvre 130
L'œuvre en un coup d'œil 131
1945-1975 : une société en reconstruction 132
Thème : Les figures littéraires de l'adolescente 138
Genre : Le roman 142
Groupement de textes : Mensonges et manipulations 147
Et par ailleurs… 156

L'essentiel sur l'auteur

Naissance de Françoise Quoirez.	▶ 1935	
La famille Quoirez s'installe dans le Dauphiné.	▶ 1940	
Malgré une scolarité mouvementée, obtient le bac.	▶ 1952	
Choisit le pseudonyme de « Sagan ».	▶ 1954	◀ En mars, parution de *Bonjour tristesse*.
	1956	◀ *Un certain sourire*.
Très grave accident de voiture.	▶ 1957	
Mariage avec l'éditeur Guy Schoeller.	▶ 1958	◀ Le cinéaste Otto Preminger adapte *Bonjour tristesse*.
	1959	◀ *Aimez-vous Brahms…*
Divorce d'avec Guy Schoeller.	▶ 1960	◀ *Château en Suède* (pièce).
Mariage avec Robert Westhoff et naissance de leur fils Denis.	▶ 1962	
	1968	◀ *Le Garde du cœur*.
Séparation d'avec R. Westhoff.	▶ 1970	
	1972	◀ *Des bleus à l'âme*
	1974	◀ Réalise le court-métrage *Encore un hiver*.
S'installe avec Peggy Roche.	▶ 1976	
	1983	◀ *Un orage immobile*.
	1984	◀ *Avec mon meilleur souvenir* (souvenirs).
Décès de Peggy Roche.	▶ 1991	
	1998	◀ *Derrière l'épaule* (autocritique).
Décès des suites d'une embolie pulmonaire.	▶ 2004	

Françoise Sagan a écrit des romans, des nouvelles, des pièces de théâtre, et aussi des essais, des chansons, des recueils de souvenirs et des chroniques.

À 18 ans, elle rédige en six semaines son premier roman, *Bonjour tristesse*, récompensé par le Prix des Critiques. Le succès est immense et immédiat.

FRANÇOISE SAGAN
(1935-2004)

Ses contemporains :
- Roger Nimier, J.-M. G. Le Clézio, Michel Tournier, Michel Déon, Alain Robbe-Grillet, Georges Perec.

Les personnalités clés :
- Charles de Gaulle (en 1954), François Mitterrand.
- Jean-Paul Sartre, Marguerite Duras, François Mauriac.

Biographie

Identité :
Françoise Sagan

Naissance :
21 juin 1935,
à Carjac (Lot)

Décès :
24 septembre 2004
(à 69 ans),
à Honfleur

Genres pratiqués :
roman, nouvelle,
théâtre, essai,
chronique…

FRANÇOISE SAGAN
est un écrivain français qui incarne la volonté
de liberté et d'indépendance revendiquée
par la jeunesse dans les années 1950.

Françoise Quoirez naît en 1935. Elle a une sœur et un frère bien plus âgés qu'elle. Son père est ingénieur. La famille vit dans les beaux quartiers parisiens.

▶ Une jeunesse heureuse

En 1940, ses parents décident de s'installer dans le Dauphiné où son père dirige une usine. Pour les week-ends, ils louent une maison à la campagne. Malgré la guerre, Françoise connaît une enfance heureuse.

En 1945, les Quoirez rentrent à Paris. Françoise y poursuit une scolarité mouvementée. Elle échoue au baccalauréat, passe l'été à réviser et le réussit à la session d'octobre 1952. Elle s'inscrit ensuite en lettres à la Sorbonne, mais rate son examen final.

▶ Bonjour succès

Durant l'été 1953, elle rédige son premier roman, *Bonjour tristesse*, et dépose en janvier 1954 son manuscrit chez deux éditeurs parisiens. Julliard lui propose immédiatement d'en assurer la publication et lui demande de prendre un pseudonyme. Elle choisit « Sagan », nom d'un personnage de roman de

---

Une adaptation cinématographique qui ne la satisfait pas

Durant l'été 1957, Françoise Sagan assiste au tournage du film *Bonjour Tristesse* dans le Lavandou. Mais elle contestera, dans son ensemble, le film du réalisateur américain Otto Preminger. Selon elle, il ne retrace ni le ton ni l'univers de son livre.

Marcel Proust qu'elle admire. Comme elle n'est pas encore majeure, c'est sa mère qui signe le contrat. *Bonjour tristesse* paraît le 15 mars 1954. Le roman plaît immédiatement. En mai, il obtient le Prix des Critiques. Les ventes s'envolent, le succès est phénoménal et la jeune fille se retrouve projetée sous les feux des projecteurs. Cette forme de « gloire » lui pèse et la déconcerte, à tel point qu'elle ne cherche même pas à se défendre ni à protéger sa vie privée.

▶ La gloire et la fortune

Ses droits d'auteur lui procurent une grande aisance financière dont elle a surtout envie de profiter : elle s'amuse et sera vite considérée comme une éternelle fêtarde, noctambule consommant de l'alcool à outrance, conduisant à toute allure des voitures rapides, fréquentant assidûment les casinos, les clubs de jazz, les boîtes de nuit… Pour certains, ce comportement (dont on exagère la réalité) est choquant ; pour d'autres, il correspond à son âge et à son époque.

▶ Les débuts d'une grande carrière littéraire

Son deuxième roman, *Un certain sourire*, paraît en 1956 et remporte un grand succès. Françoise Sagan fera ensuite paraître au moins un ouvrage par an. Elle se lie d'amitié avec des auteurs comme Michel Déon et Bernard Frank, le danseur Jacques Chazot, la chanteuse Juliette Gréco et le musicien Michel Magne, dont certains resteront ses intimes, constituant le noyau de ce que l'on a appelé parfois avec mépris « la bande à Sagan ».

▶ L'accident

Le 14 avril 1957, Françoise Sagan est victime d'un terrible accident de voiture dans lequel elle manque mourir. Les médecins tentent alors de calmer ses

▶ UN IMMENSE SUCCÈS

Deux ans après sa parution en France, le tirage de *Bonjour tristesse* dépasse le million d'exemplaires aux États-Unis et est traduit en plus de 16 langues. Françoise Sagan est célèbre dans le monde entier.

▶ LE SCANDALE, SELON SAGAN

« Pour les trois quarts des gens, le scandale de ce roman, c'était qu'une jeune femme puisse coucher avec un homme sans se retrouver enceinte, sans devoir se marier. Pour moi, le scandale dans cette histoire, c'était qu'un personnage puisse amener par inconscience, par égoïsme, quelqu'un à se tuer » (entretien avec Alain Louyot, mars 2003, paru dans *L'Express*, le 27 sept. 2004).

▶ SA PASSION

Françoise Sagan était une très grande lectrice. Elle aimait en particulier Racine, Stendhal, Musset, Rimbaud, Proust, Apollinaire, Eluard et Sartre qui ont beaucoup influencé son œuvre. Elle n'a jamais cessé de lire, d'écrire et d'être publiée. Ses romans ont été, pour la plupart, adaptés au cinéma. Certaines de ses pièces de théâtre, à l'image de *Château en Suède*, ont connu un très grand succès.

▶ UNE CINÉASTE

Françoise Sagan a coécrit avec Claude Chabrol le scénario et les dialogues de *Landru* (1962). En 1974, elle réalise un court-métrage intitulé *Encore un hiver* qui obtient le Prix du meilleur court-métrage à New York. Le film est disponible sur Internet.

---

douleurs en lui administrant un nouveau médicament dérivé de la morphine qui se révèle être extrêmement toxique. Malgré une cure de sevrage après sa sortie de la clinique, elle sera confrontée à une addiction à cette drogue dont elle ne pourra jamais totalement se défaire.

▶ Une femme amoureuse, engagée et libre

En mars 1958, Françoise Sagan épouse l'éditeur Guy Schoeller, mais leur union s'achèvera en 1960. En août 1959, elle achète le manoir du Breuil, près d'Honfleur, qui sera son refuge et celui de ses amis. Elle y rédigera une grande partie de son œuvre.

En 1962, elle se remarie avec Robert Westhoff, un artiste américain dont elle aura un fils. Sa maternité la comble : « *Je sais ce que c'est d'être un arbre avec une nouvelle branche : c'est d'avoir un enfant* », dira-t-elle joliment. Le couple divorce très vite, mais les parents du petit Denis continuent de se fréquenter et l'élèvent avec amour.

Elle s'engage aussi dans plusieurs causes : ainsi, en 1961, elle signe le *Manifeste des 121*, un texte qui approuve l'insoumission des soldats appelés pour la guerre d'Algérie ; en 1971, le *Manifeste des 343* en faveur de la légalisation de l'interruption volontaire de grossesse. Elle soutient aussi certains hommes politiques et intellectuels, comme François Mitterrand, lors de l'élection présidentielle de 1981, et l'écrivain Jean-Paul Sartre.

En 1976, Françoise Sagan s'installe avec la styliste Peggy Roche qu'elle connaît depuis dix ans. Les deux femmes s'aiment, se complètent et se soutiennent. Peggy s'occupe d'elle, la stabilise, veille à ses affaires et à sa santé, et l'aide à lutter contre ses dépendances à la drogue et à l'alcool.

▶ Une femme dans la tourmente

À partir de 1990, Françoise Sagan entre en dépression. Plusieurs de ses proches disparaissent brutalement et ses ennuis de santé se multiplient. Depuis le décès de Peggy Roche en 1991, elle connaît fréquemment ce qu'elle appelle « *des ennuis d'argent* ». Elle se trouve mêlée à « l'affaire Elf » en 2002, est condamnée pour détention de stupéfiants, a des démêlés avec ses éditeurs et se retrouve ruinée. Son manoir et ses biens sont saisis pour payer ses créanciers. En 1998, elle publie son dernier ouvrage, *Derrière l'épaule*, dans lequel elle se livre, avec humour et parfois acidité, à un exercice autocritique sur l'ensemble de son œuvre.

Malade, épuisée et trop discrète pour imposer son mal-être à ses amis, elle s'isole et décède d'une embolie pulmonaire le 24 septembre 2004 à l'hôpital d'Honfleur. Elle est inhumée près de ses proches, au cimetière de Seuzac, dans le Lot.

Françoise Sagan apportait un soin particulier au choix de ses titres. *Bonjour tristesse* et *Un peu de soleil dans l'eau froide* sont tirés de vers d'Eluard, *Dans un mois dans un an* de vers de Racine, un poète et un dramaturge qu'elle admirait.

▶ AUTRES ŒUVRES

Romans : *La Chamade* (1965), *Un peu de soleil dans l'eau froide* (1969), *La Femme fardée* (1981), *De guerre lasse* (1985)...

Nouvelles : *Des yeux de soie* (1975)...

Théâtre : *Un piano dans l'herbe* (1970)...

A écrit et réalisé *Les Fougères bleues* (long-métrage, 1970)

Françoise Sagan a reçu, en 1985, le prix de la fondation Prince Pierre de Monaco pour l'ensemble de son œuvre.

SAGAN vue par...

FRANÇOIS MAURIAC

❝ Ce Prix des Critiques [a été décerné] à un charmant petit monstre de dix-huit ans. Le dévergondage [...] n'est certes pas tout le sujet de ce petit roman dont nous pouvons tirer une morale, si le cœur nous en dit : mais qu'il nous fasse penser à Laclos, cela accable d'abord. ❞

FRANÇOIS LE GRIS (lecteur chez Julliard)

❝ C'est un roman où la vie coule comme de source, dont la psychologie, pour osée qu'elle soit, demeure infaillible [...]. Aucune fausse note. ❞

Interview

Denis Westhoff,
le fils de Françoise Sagan et Robert Westhoff,
nous parle de sa mère.

▶ **Pouvez-vous nous raconter comment les deux éditeurs ont reçu le manuscrit que Françoise Sagan leur a apporté ?**

Elle a apporté son manuscrit simultanément à Julliard et à Plon. Mais c'est Julliard qui a tout de suite pressenti que ce « *mince roman* », comme elle le qualifiera plus tard elle-même, recelait quelque chose d'exceptionnel. La fraîcheur, la spontanéité, l'intrigue, le rythme… La qualité du texte est indéniable et René Julliard convoque l'auteur pour une rencontre : il veut s'assurer que Françoise Quoirez est bien à l'origine de ce texte. Il est très vite convaincu par l'intelligence, la rapidité, le jugement, la précocité intellectuelle de cette jeune fille timide de 18 ans.

▶ **Comment expliquez-vous l'immense succès de *Bonjour tristesse* lors de sa parution ?**

Ma mère ne s'attendait pas à faire un tel tabac ni à un tel battage autour de la sortie de ce livre. Il y a eu plusieurs théories qui ont été avancées sur son succès. On a dit d'abord que ma mère était très jeune, trop jeune peut-être pour écrire. On a dit aussi que le personnage de son roman, Cécile, était une jeune fille amorale et que le livre était une sorte de… comment dirais-je ?… de livre trop en avance sur son époque et qu'il révélait des choses qu'il n'était pas convenable de dire en 1954, pour cette génération en tout cas. Ma mère, dans ce livre, a dit tout haut tout un ensemble de choses que les jeunes filles de l'époque pensaient tout bas. Le livre a été en quelque sorte un révélateur, un catalyseur de son époque.

▶ **Et, soixante ans après sa parution, comment pensez-vous que les lecteurs reçoivent ce roman ?**

L'aspect scandaleux du livre me semble aujourd'hui tout à fait suranné, mais il reste la qualité d'écriture, le style, la légèreté, cette fluidité, cette aisance avec laquelle le livre est écrit.

▶ **On parle souvent de la *« petite musique »* de Françoise Sagan. Comment peut-on définir ce terme ?**

Ce sont les journalistes qui ont trouvé cette expression, dans les années 1950-1955. Ils ont apposé ce terme de *« petite musique »* sur son deuxième livre, parce qu'on retrouvait le même rythme dans son écriture, la même façon d'écrire, le même choix des mots, la même cadence ; et puis on s'aperçoit assez vite, dans son œuvre, qu'on est toujours un peu dans le même milieu, qu'il y a toujours les mêmes personnages, les mêmes complications passionnelles entre les hommes et les femmes. Personnellement, je trouve que, lorsqu'on fait référence à la musique, on fait référence à un rythme. Et je trouve qu'il y a un rythme dans son écriture qu'on retrouve effectivement à travers ses livres. Ma mère avait énormément lu Racine ; elle en connaissait d'ailleurs des passages entiers par cœur. Elle avait une immense admiration pour cet auteur qui apportait, par ses alexandrins, un équilibre à sa prose, un rythme d'une harmonie parfaite. Aussi, elle attachait une même importance à ce rythme ; il lui arrivait de lire ses phrases à voix haute pour s'assurer que ces dernières pouvaient être dites sans qu'elle se retrouvât à court de souffle.

▶ **Elle était également attentive à ce que vous avez appelé *« le bon usage des mots »*. C'est-à-dire ?**

À l'âge de 16-17 ans, elle avait tout lu, tous les classiques. Elle avait lu tout Chateaubriand, tout Victor Hugo, tout Balzac… Je pense qu'elle avait lu une grande partie de Proust, déjà, tout Stendhal. Elle avait donc une connaissance littéraire très vaste, et une passion pour les mots qu'elle nourrissait depuis ses premières lectures. Ce goût pour la littérature, cet amour des mots l'ont naturellement conduite à vouloir, à son tour, faire usage de ces mêmes prodigieux instruments.

▶ **Quels étaient ses thèmes de prédilection ?**

À travers les jalousies, les histoires d'amour, les passions, les abandons, les solitudes, c'est au cœur de l'être humain que Françoise Sagan écrit ses romans. Ma mère avouait une insatiable curiosité pour l'être humain – qu'elle définissait d'ailleurs comme d'une incommensurable diversité, si l'on considère sa complexité, ses faiblesses, ses contradictions, ses désirs, ses dégoûts, enfin tout ce qui peut animer son existence. À la manière de Proust, bien qu'elle se jugeât beaucoup plus modestement, elle rêvait et n'avait de cesse d'explorer inlassablement le genre humain.

▶ **Qu'est-ce qui, selon vous, a été le plus difficile dans sa vie d'écrivain ?**
Je crois que c'était de se remettre au travail, parce qu'elle avait tendance à laisser passer de longs moments entre chaque livre. Puis, une fois qu'elle était lancée dans un nouveau roman, elle avait parfois des moments difficiles, comme chaque écrivain, je suppose : le syndrome de la page blanche, comme on dit. Mais sa facilité pour l'écriture la rendait finalement quasiment invulnérable, puisqu'il n'y a pas, à ce jour, d'œuvre d'elle qui soit involontairement inachevée…

Françoise Sagan photographiée chez ses parents par Sabine Weiss après la publication de *Bonjour tristesse*, en 1954.

▶ Outre la littérature et l'écriture, quelles étaient ses autres passions ?
Sa première passion, c'étaient les livres et l'écriture. Elle disait qu'elle n'aurait pas pu vivre autrement qu'en écrivant, elle ne se voyait pas faire un autre métier qu'écrivain. Autrement, c'était la musique, ne rien faire… Elle avait une passion pour l'amitié, pour les relations qu'elle avait avec ses amis. Elle avait essentiellement trois ou quatre passions dans la vie : la musique, la peinture, l'écriture, et les gens autour d'elle.

▶ Que vous lisait-elle quand vous étiez enfant ?
Ma mère ne me faisait pas la lecture le soir et je ne lui connaissais pas d'attachement particulier pour Andersen ou pour Grimm… En revanche, elle m'a recommandé des lectures dès que j'ai eu l'âge de lire de vrais livres, c'est-à-dire vers 13-14 ans. Elle m'a conseillé des classiques, comme Maupassant, Stendhal, Flaubert, et puis quelques auteurs américains comme Hemingway, Steinbeck ; après, il y a eu d'autres auteurs, qui étaient un peu plus difficiles à lire, comme Proust, Faulkner, Sartre…

▶ Mais vous parliez de vos lectures ?
Nous parlions beaucoup de nos lectures. Nous partagions nos avis sur les textes que je devais lire en classe, sur Maupassant, Balzac, Zola… Molière, nous en parlions peu, parce qu'elle n'aimait pas tellement. Nous partagions souvent nos avis sur les auteurs classiques.

▶ Quelles étaient ses relations avec les écrivains de son temps ?
Il me semble qu'elle avait peu de relations avec les écrivains de son temps, à l'exception de Bernard Frank qu'elle fréquentait assidûment ! Elle a rencontré Sartre vers la fin de sa vie pour lequel elle a eu une passion et surtout une admiration sans limites. Elle considérait Sartre comme l'homme le plus intelligent et le plus libre de sa génération ; elle lui a d'ailleurs écrit une des plus belles lettres d'amour dans *Avec mon meilleur souvenir* (Gallimard).

▶ Françoise Sagan aimait beaucoup le cinéma. Pouvez-vous nous en parler ?
Elle a découvert, comme beaucoup de personnes, les grands cinéastes américains dans la période de l'après-guerre. En l'occurrence, elle avait une passion mêlée d'admiration pour Orson Welles, mais elle aimait aussi Billy Wilder, Mankiewicz, Mel Brooks qui la faisait rire, Laurel et Hardy… Mais elle a également eu une grande affinité avec le cinéma du Vieux Continent :

Visconti, Fellini, Joseph Losey, Kubrick… Et puis aussi beaucoup Truffaut. Sa passion pour le cinéma ne s'est jamais éteinte. Elle a, en revanche, toujours gardé une certaine distance avec les adaptations qui avaient été faites de ses romans, bien que certaines fussent plus réussies que d'autres : *Aimez-vous Brahms…* d'Anatole Litvak ou *La Chamade* d'Alain Cavalier.

▶ **Vous avez créé l'Association Françoise Sagan. Quel en est l'objet ?**
Le but de l'association est de faire connaître l'auteur, son travail bien sûr, mais surtout d'en assurer la promotion en permettant à certains projets de voir le jour. L'association peut aider de jeunes auteurs, des comédiens, des metteurs en scène, des gens qui veulent monter des projets à partir de son œuvre. L'association acquiert également des photographies, des documents écrits et sonores, des lettres qui vont constituer un fonds d'archives qui pourra servir lors d'éventuelles expositions ou manifestations. J'ajoute que l'association est à l'origine du prix Françoise Sagan qui est décerné chaque année, début juin [pour plus d'informations, www.françoisesagan.fr].

▶ **Enfin, on évoque souvent l'humour et la courtoisie de Françoise Sagan. Je pense notamment à la célèbre interview de Pierre Desproges[1]…**
Bien sûr, oui. Ça, c'est de l'extrême courtoisie, effectivement. Elle avait reçu une éducation très classique, si je puis dire, très bourgeoise de ses parents. Pour elle, en fait, il était essentiel que l'on respecte l'autre. Elle était à la fois une femme qui avait de l'humour et une femme qui respectait autrui. Et ça se voit d'ailleurs dans l'interview de Desproges où elle fait preuve d'une patience absolument incroyable avec ce journaliste parce qu'elle avait peur qu'en le mettant dehors, il ne se fasse renvoyer de son journal. Donc, par souci pour lui, elle a tenu jusqu'au bout de l'entretien.

▶ **Elle montrait là ses valeurs morales ?**
Ses valeurs d'humanité et de générosité.

**Découvrez, sur www.biblio-hachette.com,
de larges extraits filmés de cet entretien.**

---

1. Françoise Sagan a été interrogée en 1975 par l'humoriste Pierre Desproges pour l'émission satirique *Le Petit Rapporteur* de Jacques Martin. Il cherchait à la « piéger » et la faire réagir en lui posant des questions absurdes.

FRANÇOISE SAGAN

Bonjour tristesse

Adieu tristesse
Bonjour tristesse
Tu es inscrite dans les lignes du plafond
Tu es inscrite dans les yeux que j'aime
Tu n'es pas tout à fait la misère
Car les lèvres les plus pauvres te dénoncent
Par un sourire
Bonjour tristesse
Amour des corps aimables
Puissance de l'amour
Dont l'amabilité surgit
Comme un monstre sans corps
Tête désappointée[1]
Tristesse beau visage.

P. Eluard
(*La Vie immédiate*)

Note

1. *désappointée* : contrariée, déçue.

Première partie

CHAPITRE PREMIER

1   Sur ce sentiment inconnu dont l'ennui, la douceur m'obsèdent, j'hésite à apposer le nom, le beau nom grave de tristesse. C'est un sentiment si complet, si égoïste que j'en ai presque honte alors que la tristesse m'a toujours paru honorable. Je ne
5   la connaissais pas, elle, mais l'ennui, le regret, plus rarement le remords. Aujourd'hui, quelque chose se replie sur moi comme une soie, énervante et douce, et me sépare des autres.

   Cet été-là, j'avais dix-sept ans et j'étais parfaitement heureuse. Les « autres » étaient mon père et Elsa, sa maîtresse. Il me faut
10   tout de suite expliquer cette situation qui peut paraître fausse. Mon père avait quarante ans, il était veuf depuis quinze ; c'était un homme jeune, plein de vitalité, de possibilités, et, à ma sortie de pension, deux ans plus tôt, je n'avais pas pu ne pas comprendre qu'il vécût avec une femme. J'avais moins vite admis
15   qu'il en changeât tous les six mois ! Mais bientôt sa séduction, cette vie nouvelle et facile, mes dispositions m'y amenèrent. C'était un homme léger, habile en affaires, toujours curieux et vite lassé, et qui plaisait aux femmes. Je n'eus aucun mal à l'aimer, et tendrement, car il était bon, généreux, gai, et plein
20   d'affection pour moi. Je n'imagine pas de meilleur ami ni de plus distrayant. À ce début d'été, il poussa même la gentillesse jusqu'à me demander si la compagnie d'Elsa, sa maîtresse ac-

tuelle, ne m'ennuierait pas pendant les vacances. Je ne pus que l'encourager car je savais son besoin des femmes et que, d'autre part, Elsa ne nous fatiguerait pas. C'était une grande fille rousse, mi-créature[1], mi-mondaine[2], qui faisait de la figuration dans les studios et les bars des Champs-Élysées. Elle était gentille, assez simple et sans prétentions sérieuses. Nous étions d'ailleurs trop heureux de partir, mon père et moi, pour faire objection à quoi que ce soit. Il avait loué, sur la Méditerranée, une grande villa blanche, isolée, ravissante, dont nous rêvions depuis les premières chaleurs de juin. Elle était bâtie sur un promontoire, dominant la mer, cachée de la route par un bois de pins ; un chemin de chèvres descendait à une petite crique dorée, bordée de rochers roux où se balançait la mer.

Les premiers jours furent éblouissants. Nous passions des heures sur la plage, écrasés de chaleur, prenant peu à peu une couleur saine et dorée, à l'exception d'Elsa qui rougissait et pelait dans d'affreuses souffrances. Mon père exécutait des mouvements de jambes compliqués pour faire disparaître un début d'estomac incompatible avec ses dispositions de don Juan. Dès l'aube, j'étais dans l'eau, une eau fraîche et transparente où je m'enfouissais, où je m'épuisais en des mouvements désordonnés pour me laver de toutes les ombres, de toutes les poussières de Paris. Je m'allongeais dans le sable, en prenais une poignée dans ma main, le laissais s'enfuir de mes doigts en un jet jaunâtre et doux, je me disais qu'il s'enfuyait comme le temps, que c'était une idée facile et qu'il était agréable d'avoir des idées faciles. C'était l'été.

Notes

1. créature : péjorativement, femme entretenue, de mœurs légères.
2. mondaine : qui aime les divertissements mondains et le luxe. La narratrice présente donc Elsa comme une femme du demi-monde, c'est-à-dire qui prend des amants uniquement pour obtenir d'eux des cadeaux et surtout la possibilité de fréquenter des endroits traditionnellement réservés à la haute société.

Le sixième jour, je vis Cyril pour la première fois. Il longeait la côte sur un petit bateau à voile et chavira devant notre crique. Je l'aidai à récupérer ses affaires et, au milieu de nos rires, j'appris qu'il s'appelait Cyril, qu'il était étudiant en droit et passait ses vacances avec sa mère, dans une villa voisine. Il avait un visage de Latin, très brun, très ouvert, avec quelque chose d'équilibré, de protecteur, qui me plut. Pourtant, je fuyais ces étudiants de l'Université, brutaux, préoccupés d'eux-mêmes, de leur jeunesse surtout, y trouvant le sujet d'un drame ou un prétexte à leur ennui. Je n'aimais pas la jeunesse. Je leur préférais de beaucoup les amis de mon père, des hommes de quarante ans qui me parlaient avec courtoisie et attendrissement, me témoignaient une douceur de père et d'amant. Mais Cyril me plut. Il était grand et parfois beau, d'une beauté qui donnait confiance. Sans partager avec mon père cette aversion pour la laideur qui nous faisait souvent fréquenter des gens stupides, j'éprouvais en face des gens dénués de tout charme physique une sorte de gêne, d'absence ; leur résignation à ne pas plaire me semblait une infirmité indécente. Car, que cherchions-nous, sinon plaire ? Je ne sais pas encore aujourd'hui si ce goût de conquête cache une surabondance de vitalité, un goût d'emprise ou le besoin furtif[1], inavoué, d'être rassuré sur soi-même, soutenu.

Quand Cyril me quitta, il m'offrit de m'apprendre la navigation à voile. Je rentrai dîner, très absorbée par sa pensée, et ne participai pas, ou peu, à la conversation ; c'est à peine si je remarquai la nervosité de mon père. Après dîner, nous nous allongeâmes dans des fauteuils, sur la terrasse, comme tous les soirs. Le ciel était éclaboussé d'étoiles. Je les regardais, espérant vaguement qu'elles seraient en avance et commenceraient à sillonner le ciel de leur chute. Mais nous n'étions qu'au début de juillet, elles ne bougeaient pas. Dans les graviers de la terrasse, les cigales chantaient. Elles devaient être des milliers, ivres de

---

Note | 1. furtif : dissimulé, secret.

chaleur et de lune, à lancer ainsi ce drôle de cri des nuits entières. On m'avait expliqué qu'elles ne faisaient que frotter l'un contre l'autre leurs élytres[1], mais je préférais croire à ce chant de gorge guttural[2], instinctif comme celui des chats en leur saison. Nous étions bien ; des petits grains de sable entre ma peau et mon chemisier me défendaient seuls des tendres assauts du sommeil. C'est alors que mon père toussota et se redressa sur sa chaise longue.

« J'ai une arrivée à vous annoncer », dit-il.

Je fermai les yeux avec désespoir. Nous étions trop tranquilles, cela ne pouvait durer !

« Dites-nous vite qui, cria Elsa, toujours avide de mondanités[3].

— Anne Larsen », dit mon père, et il se tourna vers moi.

Je le regardai, trop étonnée pour réagir.

« Je lui ai dit de venir si elle était trop fatiguée par ses collections et elle… elle arrive. »

Je n'y aurais jamais pensé. Anne Larsen était une ancienne amie de ma pauvre mère et n'avait que très peu de rapports avec mon père. Néanmoins à ma sortie de pension, deux ans plus tôt, mon père, très embarrassé de moi, m'avait envoyée à elle. En une semaine, elle m'avait habillée avec goût et appris à vivre. J'en avais conçu pour elle une admiration passionnée qu'elle avait habilement détournée sur un jeune homme de son entourage. Je lui devais donc mes premières élégances et mes premières amours[4] et lui en avais beaucoup de reconnaissance. À quarante-deux ans, c'était une femme très séduisante, très recherchée, avec un beau visage orgueilleux et las, indifférent. Cette indifférence était la seule chose qu'on pût lui reprocher. Elle était aimable et lointaine. Tout en elle reflétait une volonté

Notes

1. **élytres** : ailes dures et cornées des insectes coléoptères.
2. **guttural** : rauque.
3. **mondanités** : événements se produisant dans la haute société.
4. Au pluriel, le mot *amour* est féminin.

constante, une tranquillité de cœur qui intimidait. Bien que divorcée et libre, on ne lui connaissait pas d'amant. D'ailleurs, nous n'avions pas les mêmes relations : elle fréquentait des gens fins, intelligents, discrets, et nous des gens bruyants, assoiffés, auxquels mon père demandait simplement d'être beaux ou drôles. Je crois qu'elle nous méprisait un peu, mon père et moi, pour notre parti pris d'amusements, de futilités[1], comme elle méprisait tout excès. Seuls nous réunissaient des dîners d'affaires – elle s'occupait de couture et mon père de publicité –, le souvenir de ma mère et mes efforts, car, si elle m'intimidait, je l'admirais beaucoup. Enfin cette arrivée subite apparaissait comme un contretemps si l'on pensait à la présence d'Elsa et aux idées d'Anne sur l'éducation.

Elsa monta se coucher après une foule de questions sur la situation d'Anne dans le monde. Je restai seule avec mon père et vins m'asseoir sur les marches, à ses pieds. Il se pencha et posa ses deux mains sur mes épaules :

« Pourquoi es-tu si efflanquée[2], ma douce ? Tu as l'air d'un petit chat sauvage. J'aimerais avoir une belle fille blonde, un peu forte, avec des yeux en porcelaine et…

– La question n'est pas là, dis-je. Pourquoi as-tu invité Anne ? Et pourquoi a-t-elle accepté ?

– Pour voir ton vieux père, peut-être. On ne sait jamais.

– Tu n'es pas le genre d'hommes qui intéresse Anne, dis-je. Elle est trop intelligente, elle se respecte trop. Et Elsa ? As-tu pensé à Elsa ? Tu t'imagines les conversations entre Anne et Elsa ? Moi pas !

– Je n'y ai pas pensé, avoua-t-il. C'est vrai que c'est épouvantable. Cécile, ma douce, si nous retournions à Paris ? »

Il riait doucement en me frottant la nuque. Je me retournai et le regardai. Ses yeux sombres brillaient, des petites rides drôles

---

1. **futilités** : choses et événements sans importance.

2. **efflanquée** : maigre.

en marquaient les bords, sa bouche se retroussait un peu. Il avait l'air d'un faune[1]. Je me mis à rire avec lui, comme chaque fois qu'il s'attirait des complications.

«Mon vieux complice, dit-il. Que ferais-je sans toi?»

Et le ton de sa voix était si convaincu, si tendre, que je compris qu'il aurait été malheureux. Tard dans la nuit, nous parlâmes de l'amour, de ses complications. Aux yeux de mon père, elles étaient imaginaires. Il refusait systématiquement les notions de fidélité, de gravité, d'engagement. Il m'expliquait qu'elles étaient arbitraires, stériles. D'un autre que lui, cela m'eût choquée. Mais je savais que, dans son cas, cela n'excluait ni la tendresse ni la dévotion[2], sentiments qui lui venaient d'autant plus facilement qu'il les voulait, les savait provisoires. Cette conception me séduisait : des amours rapides, violentes et passagères. Je n'étais pas à l'âge où la fidélité séduit. Je connaissais peu de chose de l'amour : des rendez-vous, des baisers et des lassitudes.

Notes

1. **faune** : divinité champêtre de la mythologie romaine, représentée généralement avec un corps velu, des pieds de chèvre, des cornes et des oreilles en pointe.

2. **dévotion** : fait d'être complètement dévoué à la personne aimée.

Une scène d'ouverture contrastée

Questions sur le chapitre 1 de la partie I (pages 17 à 22)

Avez-vous bien lu ?

❶ Barrez l'information en gras qui est fausse.

Cécile, âgée de **17 ans / 21 ans**, est venue passer ses vacances **de printemps / d'été** au bord de **la Méditerranée / l'océan Atlantique** avec son père, un homme **séduisant / très solitaire**, âgé de 40 ans, **divorcé / veuf**, et Elsa, la jeune **maîtresse / associée** de ce dernier. Le **premier / sixième** jour, Cécile rencontre Cyril, un étudiant **en droit / en médecine**, qui lui propose de l'initier **à la navigation / au tennis**. Ce même soir, elle apprend l'arrivée imminente d'Anne Larsen, une **ancienne amie / cousine** de sa mère, **divorcée / veuve**, qu'elle admire tout en la trouvant un peu trop **bavarde / distante**. Cette nouvelle lui **déplaît / plaît**.

Étudier le système des temps

Le « système du passé »

Lorsque le narrateur raconte des faits passés, il emploie, le plus souvent, le « système du passé », dont le temps de référence est le passé simple. Pour exprimer une action accomplie, antérieure ou postérieure à une autre, ou non limitée dans le temps, il est accompagné du passé antérieur, du plus-que-parfait, de l'imparfait et/ou du futur dans le passé (conditionnels présent et passé).

❷ Pour quelle raison le récit est-il essentiellement écrit au passé ?

❸ Pourquoi la narratrice emploie-t-elle le présent et non pas les temps du passé dans le premier paragraphe (l. 1 à 7), ainsi qu'aux lignes 9-10 et 68 à 71 ?

❹ Dans quels autres passages trouve-t-on du présent ? Pourquoi ?

ÉTUDIER LES CONTRASTES

5 Dans les deuxième et troisième paragraphes (l. 8 à 49), relevez les adjectifs associés au bonheur et au bien-être. Relevez, ensuite, dans les deux paragraphes suivants (l. 50 à 89), des mots qui s'opposent à cette notion. Quel effet ces contrastes font-ils sur le lecteur ?

6 Qu'est-ce qui empêche Cécile d'être parfaitement détendue alors qu'elle se trouve sur la terrasse après le dîner ? Montrez que ce léger mal-être prépare l'annonce de l'arrivée d'Anne.

7 Que refuse le père de Cécile dans la relation amoureuse (l. 147 à 158) ? Pourquoi Cécile est-elle finalement convaincue par ses arguments ?

8 En quoi le premier paragraphe contraste-t-il avec le reste du récit ? À votre avis, quelle est sa fonction ?

ÉTUDIER L'*INCIPIT*

> **L'*incipit***
>
> Mot latin signifiant « il commence », l'*incipit* désigne le tout début du récit. Le narrateur y donne les informations nécessaires pour entrer dans l'histoire tout en cherchant à susciter la curiosité du lecteur.

9 Pourquoi la narratrice éprouve-t-elle le besoin d'« *expliquer* [la] *situation* » au début du récit (l. 10) ? À qui adresse-t-elle son explication ?

10 Par quels moyens la narratrice pique-t-elle la curiosité du lecteur ?

À VOS PLUMES !

11 En vous appuyant sur les indications données dans le dernier paragraphe (l. 147 à 158), rédigez le dialogue qui a eu lieu « *tard dans la nuit* » entre Cécile et son père.

CHAPITRE II

Anne ne devait pas arriver avant une semaine. Je profitais de ces derniers jours de vraies vacances. Nous avions loué la villa pour deux mois, mais je savais que dès l'arrivée d'Anne la détente complète ne serait plus possible. Anne donnait aux choses un contour, aux mots un sens que mon père et moi laissions volontiers échapper. Elle posait les normes du bon goût, de la délicatesse et l'on ne pouvait s'empêcher de les percevoir dans ses retraits soudains, ses silences blessés, ses expressions. C'était à la fois excitant et fatigant, humiliant en fin de compte car je sentais qu'elle avait raison.

Le jour de son arrivée, il fut décidé que mon père et Elsa iraient l'attendre à la gare de Fréjus. Je me refusai énergiquement de participer à l'expédition. En désespoir de cause, mon père cueillit tous les glaïeuls du jardin afin de les lui offrir dès la descente du train. Je lui conseillai seulement de ne pas faire porter le bouquet par Elsa. À trois heures, après leur départ, je descendis sur la plage. Il faisait une chaleur accablante. Je m'allongeai sur le sable, m'endormis à moitié, et la voix de Cyril me réveilla. J'ouvris les yeux : le ciel était blanc, confondu de chaleur. Je ne répondis pas à Cyril ; je n'avais pas envie de lui parler, ni à personne. J'étais clouée au sable par toute la force de cet été, les bras pesants, la bouche sèche.

« Êtes-vous morte ? dit-il. De loin, vous aviez l'air d'une épave, abandonnée. »

Je souris. Il s'assit à côté de moi et mon cœur se mit à battre durement, sourdement, parce que, dans son mouvement, sa main avait effleuré mon épaule. Dix fois, pendant la dernière semaine, mes brillantes manœuvres navales nous avaient précipités au fond de l'eau, enlacés l'un à l'autre sans que j'en ressente le moindre trouble. Mais, aujourd'hui, il suffisait de cette chaleur, de ce demi-sommeil, de ce geste maladroit, pour que quelque chose en moi doucement se déchire. Je tournai la tête vers lui. Il me regardait. Je commençais à le connaître : il était équilibré, vertueux[1] plus que de coutume peut-être à son âge. C'est ainsi que notre situation – cette curieuse famille à trois – le choquait. Il était trop bon ou trop timide pour me le dire, mais je le sentais aux regards obliques, rancuniers qu'il lançait à mon père. Il eût aimé que j'en sois tourmentée. Mais je ne l'étais pas et la seule chose qui me tourmentât en ce moment, c'était son regard et les coups de boutoir de mon cœur. Il se pencha vers moi. Je revis les derniers jours de cette semaine, ma confiance, ma tranquillité auprès de lui et je regrettai l'approche de cette bouche longue et un peu lourde.

« Cyril, dis-je, nous étions si heureux… »

Il m'embrassa doucement. Je regardai le ciel ; puis je ne vis plus que des lumières rouges éclatant sous mes paupières serrées. La chaleur, l'étourdissement, le goût des premiers baisers, les soupirs passaient en longues minutes. Un coup de klaxon nous sépara comme des voleurs. Je quittai Cyril sans un mot et remontai vers la maison. Ce prompt retour m'étonnait : le train d'Anne ne devait pas être encore arrivé. Je la trouvai néanmoins sur la terrasse, comme elle descendait de sa propre voiture.

« C'est la maison de la Belle-au-Bois-dormant ! dit-elle. Que vous avez bronzé, Cécile ! Ça me fait plaisir de vous voir.

— Moi aussi, dis-je. Mais vous arrivez de Paris ?

— J'ai préféré venir en voiture, d'ailleurs je suis vannée. »

Je la conduisis à sa chambre. J'ouvris la fenêtre dans l'espoir d'apercevoir le bateau de Cyril mais il avait disparu. Anne s'était assise sur le lit. Je remarquai les petites ombres autour de ses yeux.

« Cette villa est ravissante, soupira-t-elle. Où est le maître de maison ?

— Il est allé vous chercher à la gare avec Elsa. »

Note

1. vertueux : honnête, ayant beaucoup de moralité.

J'avais posé sa valise sur une chaise et, en me retournant vers elle, je reçus un choc. Son visage s'était brusquement défait, la bouche tremblante.

«Elsa Mackenbourg? Il a amené Elsa Mackenbourg ici?»

Je ne trouvai rien à répondre. Je la regardai, stupéfaite. Ce visage que j'avais toujours vu si calme, si maître de lui, ainsi livré à tous mes étonnements. Elle me fixait à travers les images que lui avaient fournies mes paroles; elle me vit enfin et détourna la tête.

«J'aurais dû vous prévenir, dit-elle, mais j'étais si pressée de partir, si fatiguée…

– Et maintenant…, continuai-je machinalement.

– Maintenant quoi?» dit-elle.

Son regard était interrogateur, méprisant. Il ne s'était rien passé.

«Maintenant, vous êtes arrivée, dis-je bêtement en me frottant les mains. Je suis très contente que vous soyez là, vous savez. Je vous attends en bas; si vous voulez boire quelque chose, le bar est parfait.»

Je sortis en bafouillant et descendis l'escalier dans une grande confusion de pensées. Pourquoi ce visage, cette voix troublée, cette défaillance? Je m'assis dans une chaise longue, je fermai les yeux. Je cherchai à me rappeler tous les visages durs, rassurants, d'Anne: l'ironie, l'aisance, l'autorité. La découverte de ce visage vulnérable m'émouvait et m'irritait à la fois. Aimait-elle mon père? Était-il possible qu'elle l'aimât? Rien en lui ne correspondait à ses goûts. Il était faible, léger, veule[1] parfois. Mais peut-être était-ce seulement la fatigue du voyage, l'indignation morale? Je passai une heure à faire des hypothèses.

À cinq heures, mon père arriva avec Elsa. Je le regardai descendre de voiture. J'essayai de savoir si Anne pouvait l'aimer. Il marchait vers moi, la tête un peu en arrière, rapidement. Il

---

Note

1. veule: négligeant et indifférent, essentiellement par paresse ou faiblesse.

souriait. Je pensai qu'il était très possible qu'Anne l'aimât, que
n'importe qui l'aimât.

«Anne n'était pas là, me cria-t-il. J'espère qu'elle n'est pas tombée par la portière.

— Elle est dans sa chambre, dis-je ; elle est venue en voiture.

— Non ? C'est magnifique ! Tu n'as plus qu'à lui monter le bouquet.

— Vous m'aviez acheté des fleurs ? dit la voix d'Anne. C'est trop gentil.»

Elle descendait l'escalier à sa rencontre, détendue, souriante, dans une robe qui ne semblait pas avoir voyagé. Je pensai tristement qu'elle n'était descendue qu'en entendant la voiture et qu'elle aurait pu le faire un peu plus tôt, pour me parler ; ne fût-ce que de mon examen que j'avais d'ailleurs manqué ! Cette dernière idée me consola.

Mon père se précipitait, lui baisait la main.

«J'ai passé un quart d'heure sur le quai de la gare avec ce bouquet de fleurs au bout des bras, et un sourire stupide aux lèvres. Dieu merci, vous êtes là ! Connaissez-vous Elsa Mackenbourg ?»

Je détournai les yeux.

«Nous avons dû nous rencontrer, dit Anne tout aimable… J'ai une chambre magnifique, vous êtes trop gentil de m'avoir invitée, Raymond, j'étais très fatiguée.»

Mon père s'ébrouait[1]. À ses yeux, tout allait bien. Il faisait des phrases, débouchait des bouteilles. Mais je revoyais tour à tour le visage passionné de Cyril, celui d'Anne, ces deux visages marqués de violence, et je me demandais si les vacances seraient aussi simples que le déclarait mon père.

Ce premier dîner fut très gai. Mon père et Anne parlaient de leurs relations communes qui étaient rares mais hautes en couleur. Je m'amusai beaucoup jusqu'au moment où Anne dé-

---

[1]. s'ébrouait : s'agitait en papillonnant, en plaisantant (sens figuré).

clara que l'associé de mon père était microcéphale[1]. C'était un homme qui buvait beaucoup, mais qui était gentil et avec lequel nous avions fait, mon père et moi, des dîners mémorables.

Je protestai :

« Lombard est drôle, Anne. Je l'ai vu très amusant.

— Vous avouerez qu'il est quand même insuffisant, et même son humour…

— Il n'a peut-être pas une forme d'intelligence courante, mais… »

Elle me coupa d'un air indulgent :

« Ce que vous appelez les formes de l'intelligence n'en sont que les âges. »

Le côté lapidaire[2], définitif de sa formule m'enchanta. Certaines phrases dégagent pour moi un climat intellectuel, subtil, qui me subjugue[3], même si je ne les pénètre[4] pas absolument. Celle-là me donna envie de posséder un petit carnet et un crayon. Je le dis à Anne. Mon père éclata de rire :

« Au moins, tu n'es pas rancunière. »

Je ne pouvais l'être, car Anne n'était pas malveillante. Je la sentais trop complètement indifférente, ses jugements n'avaient pas cette précision, ce côté aigu de la méchanceté. Ils n'en étaient que plus accablants.

Ce premier soir, Anne ne parut pas remarquer la distraction, volontaire ou non, d'Elsa qui entra directement dans la chambre de mon père. Elle m'avait apporté un chandail de sa collection, mais ne me laissa pas la remercier. Les remerciements l'ennuyaient et comme les miens n'étaient jamais à la hauteur de mon enthousiasme, je ne me fatiguai pas.

« Je trouve cette Elsa très gentille », dit-elle, avant que je ne sorte.

Notes

1. **microcéphale** : dont le crâne est anormalement petit (et qui est donc stupide).
2. **lapidaire** : bref et tranchant.
3. **subjugue** : plaît infiniment, fascine.
4. **pénètre** : comprends.

Elle me regardait dans les yeux, sans sourire, elle cherchait en moi une idée qu'il lui importait de détruire. Je devais oublier son réflexe de tout à l'heure.

« Oui, oui, c'est une charmante, heu, jeune fille... très sympathique. »

Je bafouillais. Elle se mit à rire et j'allai me coucher très énervée. Je m'endormis en pensant à Cyril qui dansait peut-être à Cannes avec des filles.

Je me rends compte que j'oublie, que je suis forcée d'oublier le principal : la présence de la mer, son rythme incessant, le soleil. Je ne puis rappeler non plus les quatre tilleuls dans la cour d'une pension de province, leur parfum ; et le sourire de mon père sur le quai de la gare, trois ans plus tôt à ma sortie de pension, ce sourire gêné parce que j'avais des nattes et une vilaine robe presque noire. Et dans la voiture, son explosion de joie, subite, triomphante, parce que j'avais ses yeux, sa bouche et que j'allais être pour lui le plus cher, le plus merveilleux des jouets. Je ne connaissais rien ; il allait me montrer Paris, le luxe, la vie facile. Je crois bien que la plupart de mes plaisirs d'alors, je les dus à l'argent : le plaisir d'aller vite en voiture, d'avoir une robe neuve, d'acheter des disques, des livres, des fleurs. Je n'ai pas honte encore de ces plaisirs faciles, je ne puis d'ailleurs les appeler faciles que parce que j'ai entendu dire qu'ils l'étaient. Je regretterais, je renierais plus facilement mes chagrins ou mes crises mystiques[1]. Le goût du plaisir, du bonheur représente le seul côté cohérent de mon caractère. Peut-être n'ai-je pas assez lu ? En pension, on ne lit pas, sinon des œuvres édifiantes[2]. À Paris, je n'eus pas le temps de lire : en sortant de mon cours, des amis m'entraînaient dans des cinémas ; je ne connaissais pas

---

Notes

1. mystiques : basées sur la recherche d'absolu à travers la contemplation ou l'extase.

2. édifiantes : qui servent à instruire.

le nom des acteurs, cela les étonnait. Ou à des terrasses de café au soleil ; je savourais le plaisir d'être mêlée à la foule, celui de boire, d'être avec quelqu'un qui vous regarde dans les yeux, vous prend la main et vous emmène ensuite loin de la même foule. Nous marchions dans les rues jusqu'à la maison. Là il m'attirait sous une porte et m'embrassait : je découvrais le plaisir des baisers. Je ne mets pas de nom à ces souvenirs : Jean, Hubert, Jacques. Des noms communs à toutes les petites jeunes filles. Le soir, je vieillissais, nous sortions avec mon père dans des soirées où je n'avais que faire, soirées assez mélangées où je m'amusais et où j'amusais aussi par mon âge. Quand nous rentrions, mon père me déposait et le plus souvent allait reconduire une amie. Je ne l'entendais pas rentrer.

Je ne veux pas laisser croire qu'il mît une ostentation[1] quelconque à ses aventures. Il se bornait à ne pas me les cacher, plus exactement à ne rien me dire de convenable et de faux pour justifier la fréquence des déjeuners de telle amie à la maison ou son installation complète... heureusement provisoire ! De toute façon, je n'aurais pu ignorer longtemps la nature de ses relations avec ses « invitées » et il tenait sans doute à garder ma confiance d'autant plus qu'il évitait ainsi des efforts pénibles d'imagination. C'était un excellent calcul. Son seul défaut fut de m'inspirer quelque temps un cynisme désabusé[2] sur les choses de l'amour qui, vu mon âge et mon expérience, devait paraître plus réjouissant qu'impressionnant. Je me répétais volontiers des formules lapidaires[3], celle d'Oscar Wilde[4], entre autres : « Le péché est la seule note de couleur vive qui

---

Notes

1. **mît une ostentation** : en fît étalage, de manière à s'en vanter ou à les faire remarquer.
2. **un cynisme désabusé** : une certaine désillusion (sur la pureté et la sincérité du sentiment amoureux), provoquant une forme de moquerie.
3. **formules lapidaires** : phrases courtes et cinglantes qui expriment généralement une opinion définitive sur une question morale.
4. Oscar Wilde (1854-1900), écrivain et poète irlandais.

subsiste dans le monde moderne. » Je la faisais mienne avec une absolue conviction, bien plus sûrement, je pense, que si je l'avais mise en pratique. Je croyais que ma vie pourrait se calquer sur cette phrase, s'en inspirer, en jaillir comme une perverse image d'Épinal[1] : j'oubliais les temps morts, la discontinuité et les bons sentiments quotidiens. Idéalement, j'envisageais une vie de bassesses et de turpitudes[2].

CHAPITRE III

Le lendemain matin, je fus réveillée par un rayon de soleil oblique et chaud, qui inonda mon lit et mit fin aux rêves étranges et un peu confus où je me débattais. Dans un demi-sommeil, j'essayai d'écarter de mon visage, avec la main, cette chaleur insistante, puis y renonçai. Il était dix heures. Je descendis en pyjama sur la terrasse et y retrouvai Anne, qui feuilletait des journaux. Je remarquai qu'elle était légèrement, parfaitement maquillée. Elle ne devait jamais s'accorder de vraies vacances. Comme elle ne me prêtait pas attention, je m'installai tranquillement sur une marche avec une tasse de café et une orange et entamai les délices du matin : je mordais l'orange, un jus sucré giclait dans ma bouche ; une gorgée de café noir brûlant, aussitôt, et à nouveau la fraîcheur du fruit. Le soleil du matin me chauffait les cheveux, déplissait sur ma peau les marques du drap. Dans cinq minutes, j'irais me baigner. La voix d'Anne me fit sursauter :

« Cécile, vous ne mangez pas ?

— Je préfère boire le matin parce que...

Notes

1. **image d'Épinal** : image populaire vendue autrefois par des colporteurs et que l'on donnait aux enfants pour les récompenser. L'expression « *comme une [...] image d'Épinal* » renvoie à l'idée de naïveté, d'innocence et de perfection. En la qualifiant de « *perverse* », Cécile affirme le côté trompeur et faux de son idée.
2. **turpitudes** : actions indignes.

Bonjour tristesse de Françoise Sagan

– Vous devez prendre trois kilos pour être présentable. Vous avez la joue creuse et on voit vos côtes. Allez donc chercher des tartines. »

Je la suppliai de ne pas m'imposer de tartines et elle allait me démontrer que c'était indispensable lorsque mon père apparut dans sa somptueuse robe de chambre à pois.

« Quel charmant spectacle, dit-il ; deux petites filles brunes au soleil en train de parler tartines.

– Il n'y a qu'une petite fille, hélas ! dit Anne en riant. J'ai votre âge, mon pauvre Raymond. »

Mon père se pencha et lui prit la main.

« Toujours aussi rosse[1] », dit-il tendrement, et je vis les paupières d'Anne battre comme sous une caresse imprévue.

J'en profitai pour m'esquiver. Dans l'escalier, je croisai Elsa. Visiblement, elle sortait du lit, les paupières gonflées, les lèvres pâles dans son visage cramoisi par les coups de soleil. Je faillis l'arrêter, lui dire qu'Anne était en bas avec un visage soigné et net, qu'elle allait bronzer, sans dommages, avec mesure. Je faillis la mettre en garde. Mais sans doute l'aurait-elle mal pris : elle avait vingt-neuf ans, soit treize ans de moins qu'Anne, et cela lui paraissait un atout maître.

Je pris mon maillot de bain et courus à la crique. À ma surprise, Cyril y était déjà, assis sur son bateau. Il vint à ma rencontre, l'air grave, et il me prit les mains.

« Je voudrais vous demander pardon pour hier, dit-il.

– C'était ma faute », dis-je.

Je ne me sentais absolument pas gênée et son air solennel m'étonnait.

« Je m'en veux beaucoup, reprit-il en poussant le bateau à la mer.

– Il n'y a pas de quoi, dis-je allègrement.

– Si ! »

Note

1. **rosse** : méchamment ironique.

J'étais déjà dans le canot. Il était debout avec de l'eau jusqu'à mi-jambes, appuyé des deux mains au plat-bord comme à la barre d'un tribunal. Je compris qu'il ne monterait pas avant d'avoir parlé et le regardai avec toute l'attention nécessaire. Je connaissais bien son visage, je m'y retrouvais. Je pensai qu'il avait vingt-cinq ans, se prenait peut-être pour un suborneur[1], et cela me fit rire.

« Ne riez pas, dit-il. Je m'en suis voulu hier soir, vous savez. Rien ne vous défend contre moi ; votre père, cette femme, l'exemple... Je serais le dernier des salauds, ce serait la même chose ; vous pourriez me croire aussi bien... »

Il n'était même pas ridicule. Je sentais qu'il était bon et prêt à m'aimer ; que j'aimerais l'aimer. Je mis mes bras autour de son cou, ma joue contre la sienne. Il avait les épaules larges, un corps dur contre le mien.

« Vous êtes gentil, Cyril, murmurai-je. Vous allez être un frère pour moi. »

Il replia ses bras autour de moi avec une petite exclamation de colère et m'arracha doucement du bateau. Il me tenait serrée contre lui, soulevée, la tête sur son épaule. En ce moment-là, je l'aimais. Dans la lumière du matin, il était aussi doré, aussi gentil, aussi doux que moi, il me protégeait. Quand sa bouche chercha la mienne, je me mis à trembler de plaisir comme lui et notre baiser fut sans remords et sans honte, seulement une profonde recherche, entrecoupée de murmures. Je m'échappai et nageai vers le bateau qui partait à la dérive. Je plongeai mon visage dans l'eau pour le refaire, le rafraîchir... L'eau était verte. Je me sentais envahie d'un bonheur, d'une insouciance parfaite.

À onze heures et demie, Cyril partit et mon père et ses femmes apparurent dans le chemin de chèvres. Il marchait entre les deux, les soutenant, leur tendant successivement la main avec une bonne grâce, un naturel qui n'étaient qu'à lui. Anne avait

---

Note

1. **suborneur** : séducteur de jeunes filles sans expérience.

Bonjour tristesse de Françoise Sagan

gardé son peignoir : elle l'ôta devant nos regards observateurs avec tranquillité et s'y allongea. La taille mince, les jambes parfaites, elle n'avait contre elle que de très légères flétrissures. Cela représentait sans doute des années de soins, d'attention ; j'adressai machinalement à mon père un regard approbateur, le sourcil levé. À ma grande surprise, il ne me le renvoya pas, ferma les yeux. La pauvre Elsa était dans un état lamentable, elle se couvrait d'huile. Je ne donnais pas une semaine à mon père pour... Anne tourna la tête vers moi :

« Cécile, pourquoi vous levez-vous si tôt ici ? À Paris, vous étiez au lit jusqu'à midi.

— J'avais du travail, dis-je. Ça me coupait les jambes. »

Elle ne sourit pas : elle ne souriait que quand elle en avait envie, jamais par décence, comme tout le monde.

« Et votre examen ?

— Loupé ! dis-je avec entrain. Bien loupé !

— Il faut que vous l'ayez en octobre, absolument.

— Pourquoi ? intervint mon père. Je n'ai jamais eu de diplôme, moi. Et je mène une vie fastueuse.

— Vous aviez une certaine fortune au départ, rappela Anne.

— Ma fille trouvera toujours des hommes pour la faire vivre », dit mon père noblement.

Elsa se mit à rire et s'arrêta devant nos trois regards.

« Il faut qu'elle travaille, ces vacances », dit Anne en refermant les yeux pour clore l'entretien.

J'envoyai un regard désespéré à mon père. Il me répondit par un petit sourire gêné. Je me vis devant des pages de Bergson[1] avec ces lignes noires qui me sautaient aux yeux et le rire de Cyril en bas... Cette idée m'épouvanta. Je me traînai jusqu'à Anne, l'appelai à voix basse. Elle ouvrit les yeux. Je penchai sur elle un visage inquiet, suppliant, en ravalant encore mes joues pour me donner l'air d'une intellectuelle surmenée.

---

1. Henri Bergson (1859-1941), philosophe français.

« Anne, dis-je, vous n'allez pas me faire ça, me faire travailler par ces chaleurs… ces vacances qui pourraient me faire tant de bien… »

Elle me regarda avec fixité un instant, puis sourit mystérieusement en détournant la tête.

« Je devrais vous faire "ça"… même par ces chaleurs, comme vous dites. Vous ne m'en voudriez que pendant deux jours, comme je vous connais, et vous auriez votre examen.

– Il y a des choses auxquelles on ne se fait pas », dis-je sans rire.

Elle me lança un coup d'œil amusé et insolent et je me recouchai dans le sable, pleine d'inquiétudes. Elsa pérorait[1] sur les festivités de la côte. Mais mon père ne l'écoutait pas : placé au sommet du triangle que faisaient leurs corps, il lançait au profil renversé d'Anne, à ses épaules, des regards un peu fixes, impavides[2], que je reconnaissais. Sa main s'ouvrait et se refermait sur le sable en un geste doux, régulier, inlassable. Je courus vers la mer, m'y enfonçai en gémissant sur les vacances que nous aurions pu avoir, que nous n'aurions pas. Nous avions tous les éléments d'un drame : un séducteur, une demi-mondaine et une femme de tête. J'aperçus au fond de la mer un ravissant coquillage, une pierre rose et bleue ; je plongeai pour la prendre, la gardai toute douce et usée dans la main jusqu'au déjeuner. Je décidai que c'était un porte-bonheur, que je ne la quitterais pas de l'été. Je ne sais pas pourquoi je ne l'ai pas perdue, comme je perds tout. Elle est dans ma main aujourd'hui, rose et tiède, elle me donne envie de pleurer.

CHAPITRE IV

Ce qui m'étonna le plus, les jours suivants, ce fut l'extrême gentillesse d'Anne à l'égard d'Elsa. Elle ne prononçait jamais, après les nombreuses bêtises qui illuminaient sa conversation,

---

1. **pérorait** : bavardait sans s'arrêter.   2. **impavides** : tranquilles et indifférents.

une de ces phrases brèves dont elle avait le secret et qui aurait couvert la pauvre Elsa de ridicule. Je la louais en moi-même de sa patience, de sa générosité, je ne me rendais pas compte que l'habileté y était étroitement mêlée. Mon père se serait vite lassé de ce petit jeu féroce. Il lui était au contraire reconnaissant et il ne savait que faire pour lui exprimer sa gratitude. Cette reconnaissance n'était d'ailleurs qu'un prétexte. Sans doute lui parlait-il comme à une femme très respectée, comme à une seconde mère de sa fille : il usait même de cette carte en ayant l'air sans cesse de me mettre sous la garde d'Anne, de la rendre un peu responsable de ce que j'étais, comme pour se la rendre plus proche, pour la lier à nous plus étroitement. Mais il avait pour elle des regards, des gestes qui s'adressaient à la femme qu'on ne connaît pas et que l'on désire connaître – dans le plaisir. Ces égards que je surprenais parfois chez Cyril et qui me donnaient à la fois envie de le fuir et de le provoquer. Je devais être sur ce point plus influençable qu'Anne ; elle témoignait à l'égard de mon père d'une indifférence, d'une gentillesse tranquille qui me rassuraient. J'en arrivais à croire que je m'étais trompée le premier jour, je ne voyais pas que cette gentillesse sans équivoque[1] surexcitait mon père. Et surtout ses silences... ses silences si naturels, si élégants. Ils formaient avec le pépiement incessant d'Elsa une sorte d'antithèse comme le soleil et l'ombre. Pauvre Elsa... elle ne se doutait vraiment de rien, elle restait exubérante et agitée, toujours aussi défraîchie par le soleil.

Un jour, cependant, elle dut comprendre, intercepter un regard de mon père ; je la vis avant le déjeuner murmurer quelque chose dans son oreille : un instant, il eut l'air contrarié, étonné, puis acquiesça en souriant. Au café, Elsa se leva et, arrivée à la porte, se retourna vers nous d'un air langoureux, très inspiré, à

Note 1. **sans équivoque** : sans ambiguïté apparente (et, de ce fait, qui semble sincère).

ce qu'il me sembla, du cinéma américain, et mettant dans son intonation dix ans de galanterie française :

« Vous venez, Raymond ? »

Mon père se leva, rougit presque et la suivit en parlant des bienfaits de la sieste. Anne n'avait pas bougé. Sa cigarette fumait au bout de ses doigts. Je me sentis dans l'obligation de dire quelque chose :

« Les gens disent que la sieste est très reposante, mais je crois que c'est une idée fausse... »

Je m'arrêtai aussitôt, consciente de l'équivoque de ma phrase.

« Je vous en prie », dit Anne sèchement.

Elle n'y avait même pas mis d'équivoque. Elle avait tout de suite vu la plaisanterie de mauvais goût. Je la regardai. Elle avait un visage volontairement calme et détendu qui m'émut. Peut-être, en ce moment, enviait-elle passionnément Elsa. Pour la consoler, une idée cynique me vint, qui m'enchanta comme toutes les idées cyniques que je pouvais avoir : cela me donnait une sorte d'assurance, de complicité avec moi-même, enivrante. Je ne pus m'empêcher de l'exprimer à haute voix :

« Remarquez qu'avec les coups de soleil d'Elsa, ce genre de sieste ne doit pas être très grisant, ni pour l'un ni pour l'autre. »

J'aurais mieux fait de me taire.

« Je déteste ce genre de réflexion, dit Anne. À votre âge, c'est plus que stupide, c'est pénible. »

Je m'énervai brusquement :

« Je disais ça pour rire, excusez-moi. Je suis sûre qu'au fond, ils sont très contents. »

Elle tourna vers moi un visage excédé. Je lui demandai pardon aussitôt. Elle referma les yeux et commença à parler d'une voix basse, patiente :

« Vous vous faites de l'amour une idée un peu simpliste. Ce n'est pas une suite de sensations indépendantes les unes des autres... »

Je pensai que toutes mes amours avaient été ainsi. Une émotion subite devant un visage, un geste, sous un baiser... Des instants épanouis, sans cohérence, c'était tout le souvenir que j'en avais.

« C'est autre chose, disait Anne. Il y a la tendresse constante, la douceur, le manque... Des choses que vous ne pouvez pas comprendre. »

Elle eut un geste évasif de la main et prit un journal. J'aurais aimé qu'elle se mît en colère, qu'elle sortît de cette indifférence résignée devant ma carence sentimentale[1]. Je pensai qu'elle avait raison, que je vivais comme un animal, au gré des autres, que j'étais pauvre et faible. Je me méprisais et cela m'était affreusement pénible parce que je n'y étais pas habituée, ne me jugeant pour ainsi dire pas, ni en bien ni en mal. Je montai dans ma chambre, je rêvassai. Mes draps étaient tièdes sous moi, j'entendais encore les paroles d'Anne : « C'est autre chose, c'est un manque. » Quelqu'un m'avait-il jamais manqué ?

Je ne me rappelle plus les incidents de ces quinze jours. Je l'ai déjà dit, je ne voulais rien voir de précis, de menaçant. De la suite de ces vacances, bien sûr, je me rappelle très exactement puisque j'y apportai toute mon attention, toutes mes possibilités. Mais ces trois semaines-là, ces trois semaines heureuses en somme... Quel est le jour où mon père regarda ostensiblement la bouche d'Anne ? celui où il lui reprocha à haute voix son indifférence en faisant semblant d'en rire ? celui où il compara sans en sourire sa subtilité avec la semi-bêtise d'Elsa ? Ma tranquillité reposait sur cette idée stupide qu'ils se connaissaient depuis quinze ans et que, s'ils avaient dû s'aimer, ils auraient commencé plus tôt. « Et, me disais-je, si cela doit arriver, mon père sera amoureux trois mois et Anne en gardera quelques souvenirs passionnés et un peu d'humiliation. » Ne savais-je pas cependant qu'Anne n'était pas une femme que l'on pût abandonner ainsi ? Mais Cyril était

---

1. **carence sentimentale** : méconnaissance du vrai sentiment de l'amour.

Première partie, Chapitre IV

là et suffisait à mes pensées. Nous sortions ensemble souvent le soir dans les boîtes de Saint-Tropez, nous dansions sur les défaillances d'une clarinette en nous disant des mots d'amour que j'avais oubliés le lendemain, mais si doux le soir même. Le jour, nous faisions de la voile autour de la côte. Mon père nous accompagnait parfois. Il appréciait beaucoup Cyril, surtout depuis que ce dernier lui avait laissé gagner un match de crawl. Il l'appelait «mon petit Cyril», Cyril l'appelait «monsieur», mais je me demandais lequel des deux était l'adulte.

Un après-midi, nous allâmes prendre le thé chez la mère de Cyril. C'était une vieille dame tranquille et souriante qui nous parla de ses difficultés de veuve et de ses difficultés de mère. Mon père compatit, adressa à Anne des regards de reconnaissance, fit de nombreux compliments à la dame. Je dois avouer qu'il ne craignait jamais de perdre son temps. Anne regardait le spectacle avec un sourire aimable. Au retour, elle déclara la dame charmante. J'éclatai en imprécations[1] contre les vieilles dames de cette sorte. Ils tournèrent vers moi un sourire indulgent et amusé qui me mit hors de moi :

«Vous ne vous rendez pas compte qu'elle est contente d'elle, criai-je. Qu'elle se félicite de sa vie parce qu'elle a le sentiment d'avoir fait son devoir et...

— Mais c'est vrai, dit Anne. Elle a rempli ses devoirs de mère et d'épouse, suivant l'expression...

— Et son devoir de putain ? dis-je.

— Je n'aime pas les grossièretés, dit Anne, même paradoxales[2].

— Mais ce n'est pas paradoxal. Elle s'est mariée comme tout le monde se marie, par désir ou parce que cela se fait. Elle a eu un enfant, vous savez comment ça arrive, les enfants ?

— Sans doute moins bien que vous, ironisa Anne, mais j'ai quelques notions.

Notes

1. imprécations : souhaits de malheurs formulés nettement contre quelqu'un.

2. paradoxales : qui s'opposent à l'opinion commune.

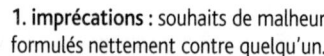

— Elle a donc élevé cet enfant. Elle s'est probablement épargné les angoisses, les troubles de l'adultère. Elle a eu la vie qu'ont des milliers de femmes et elle en est fière, vous comprenez. Elle était dans la situation d'une jeune bourgeoise épouse et mère et elle n'a rien fait pour en sortir. Elle se glorifie de n'avoir fait ni ceci ni cela et non pas d'avoir accompli quelque chose.

— Cela n'a pas grand sens, dit mon père.

— C'est un miroir aux alouettes[1], criai-je. On se dit après : "J'ai fait mon devoir" parce que l'on n'a rien fait. Si elle était devenue une fille des rues en étant née dans son milieu, là, elle aurait eu du mérite.

— Vous avez des idées à la mode, mais sans valeur», dit Anne.

C'était peut-être vrai. Je pensais ce que je disais, mais il était vrai que je l'avais entendu dire. Néanmoins, ma vie, celle de mon père allaient à l'appui de cette théorie et Anne me blessait en la méprisant. On peut être aussi attaché à des futilités qu'à autre chose. Mais Anne ne me considérait pas comme un être pensant. Il me semblait urgent, primordial soudain de la détromper. Je ne pensais pas que l'occasion m'en serait donnée si tôt ni que je saurais la saisir. D'ailleurs, j'admettais volontiers que dans un mois j'aurais sur telle chose une opinion différente, que mes convictions ne dureraient pas. Comment aurais-je pu être une grande âme ?

CHAPITRE V

Et puis un jour, ce fut la fin. Un matin, mon père décida que nous irions passer la soirée à Cannes, jouer[2] et danser. Je me rappelle la joie d'Elsa. Dans le climat familier des casinos,

---

1. miroir aux alouettes : tromperie. Cette expression vient d'un type de piège composé de morceaux de bois garnis de petits miroirs, que le chasseur agitait pour attirer certains oiseaux dont les alouettes.

2. Il s'agit, ici, des jeux d'argent, comme la roulette ou les machines à sous.

elle pensait retrouver sa personnalité de femme fatale un peu atténuée par les coups de soleil et la demi-solitude où nous vivions. Contrairement à mes prévisions, Anne ne s'opposa pas à ces mondanités ; elle en sembla même assez contente. Ce fut donc sans inquiétude que, sitôt le dîner fini, je montai dans ma chambre mettre une robe du soir, la seule d'ailleurs que je possédasse. C'était mon père qui l'avait choisie ; elle était dans un tissu exotique, un peu trop exotique pour moi sans doute car mon père, soit par goût, soit par habitude, m'habillait volontiers en femme fatale. Je le retrouvai en bas, étincelant dans un smoking neuf, et lui mis le bras autour du cou.

« Tu es le plus bel homme que je connaisse.

— À part Cyril, dit-il sans le croire. Et toi, tu es la plus jolie fille que je connaisse.

— Après Elsa et Anne, dis-je sans y croire moi-même.

— Puisqu'elles ne sont pas là et qu'elles se permettent de nous faire attendre, viens danser avec ton vieux père et ses rhumatismes. »

Je retrouvai l'euphorie[1] qui précédait nos sorties. Il n'avait vraiment rien d'un vieux père. En dansant, je respirai son parfum familier d'eau de Cologne, de chaleur, de tabac. Il dansait en mesure, les yeux mi-clos, un petit sourire heureux, irrépressible[2] comme le mien, au coin des lèvres.

« Il faudrait que tu m'apprennes le be-bop[3] », dit-il, oubliant ses rhumatismes.

Il s'arrêta de danser pour accueillir d'un murmure machinal et flatteur l'arrivée d'Elsa. Elle descendait l'escalier lentement dans sa robe verte, un sourire désabusé de mondaine à la bouche, son sourire de casino. Elle avait tiré le maximum de ses cheveux

---

1. euphorie : plaisir qui provoque l'excitation.
2. irrépressible : qu'on ne peut réprimer, empêcher.
3. be-bop : danse rapide pratiquée sur du jazz, née après la Libération dans les caves de Saint-Germain-des-Prés à Paris et très en vogue dans les années 1950.

desséchés et de sa peau brûlée par le soleil, mais c'était plus méritoire que brillant. Elle ne semblait pas heureusement s'en rendre compte.

«Nous partons?

– Anne n'est pas là, dis-je.

– Monte voir si elle est prête, dit mon père. Le temps d'aller à Cannes, il sera minuit.»

Je montai les marches en m'embarrassant dans ma robe et frappai à la porte d'Anne. Elle me cria d'entrer. Je m'arrêtai sur le seuil. Elle portait une robe grise, d'un gris extraordinaire, presque blanc, où la lumière s'accrochait, comme, à l'aube, certaines teintes de la mer. Tous les charmes de la maturité semblaient réunis en elle, ce soir-là.

«Magnifique! dis-je. Oh! Anne, quelle robe!»

Elle sourit dans la glace comme on sourit à quelqu'un qu'on va quitter.

«Ce gris est une réussite, dit-elle.

– "Vous" êtes une réussite», dis-je.

Elle me prit par l'oreille, me regarda. Elle avait des yeux bleu sombre. Je les vis s'éclairer, sourire.

«Vous êtes une gentille petite fille, bien que vous soyez parfois fatigante.»

Elle me passa devant sans détailler ma propre robe, ce dont je me félicitai et me mortifiai[1] à la fois. Elle descendit l'escalier la première et je vis mon père venir à sa rencontre. Il s'arrêta en bas de l'escalier, le pied sur la première marche, le visage levé vers elle. Elsa la regardait descendre aussi. Je me rappelle exactement cette scène : au premier plan, devant moi, la nuque dorée, les épaules parfaites d'Anne; un peu plus bas, le visage ébloui de mon père, sa main tendue et, déjà dans le lointain, la silhouette d'Elsa.

«Anne, dit mon père, vous êtes extraordinaire.»

---

1. mortifiai : vexai.

Elle lui sourit en passant et prit son manteau.

«Nous nous retrouvons là-bas, dit-elle. Cécile, vous venez avec moi ?»

Elle me laissa conduire. La route était si belle la nuit que j'allai doucement. Anne ne disait rien. Elle ne semblait même pas remarquer les trompettes déchaînées de la radio. Quand le cabriolet de mon père nous doubla, dans un virage, elle ne sourcilla pas. Je me sentais déjà hors de la course devant un spectacle où je ne pouvais plus intervenir.

Au casino, grâce aux manœuvres de mon père, nous nous perdîmes vite. Je me retrouvai au bar, avec Elsa et une de ses relations, un Sud-Américain à demi ivre. Il s'occupait de théâtre et, malgré son état, restait intéressant par la passion qu'il y apportait. Je passai près d'une heure agréable avec lui mais Elsa s'ennuyait. Elle connaissait un ou deux monstres sacrés[1] mais la technique ne l'intéressait pas. Elle me demanda brusquement où était mon père, comme si je pouvais en savoir quelque chose, et s'éloigna. Le Sud-Américain en parut un instant attristé mais un nouveau whisky le relança. Je ne pensais à rien, j'étais en pleine euphorie, ayant participé par politesse à ses libations[2]. Les choses devinrent encore plus drôles quand il voulut danser. J'étais obligée de le tenir à bras-le-corps et de retirer mes pieds de dessous les siens, ce qui demandait beaucoup d'énergie. Nous riions tellement que, quand Elsa me frappa sur l'épaule et que je vis son air de Cassandre[3], je fus sur le point de l'envoyer au diable.

Notes

1. monstres sacrés : personnalités très connues du milieu théâtral (comme des acteurs, des metteurs en scène...).
2. ses libations : sa forte consommation d'alcool.
3. Cassandre : jeune fille de la mythologie grecque à qui Apollon offrit le don de prophétie. Mais, comme elle refusa ses avances, il transforma son don et décida que, quoi qu'elle dise et bien qu'ayant toujours raison, elle ne serait jamais crue. L'expression *jouer les Cassandre* signifie donc « prédire des malheurs en n'étant jamais cru ».

Bonjour tristesse de Françoise Sagan

« Je ne le trouve pas », dit-elle.

Elle avait un visage consterné ; la poudre en était partie, la laissant tout éclairée, ses traits étaient tirés. Elle était pitoyable. Je me sentis soudain très en colère contre mon père. Il était d'une impolitesse inconcevable.

« Ah ! je sais où ils sont, dis-je en souriant comme s'il s'était agi d'une chose très naturelle et à laquelle elle eût pu penser sans inquiétude. Je reviens. »

Privé de mon appui, le Sud-Américain tomba dans les bras d'Elsa et sembla s'en trouver bien. Je pensai avec tristesse qu'elle était plus plantureuse[1] que moi et que je ne saurais lui en vouloir. Le casino était grand : j'en fis deux fois le tour sans résultat. Je passai la revue des terrasses et pensai enfin à la voiture.

Il me fallut un moment pour la retrouver dans le parc. Ils y étaient. J'arrivai par-derrière et les aperçus par la glace du fond. Je vis leurs profils très proches et très graves, étrangement beaux sous le réverbère. Ils se regardaient, ils devaient parler à voix basse, je voyais leurs lèvres bouger. J'avais envie de m'en aller, mais la pensée d'Elsa me fit ouvrir la portière.

La main de mon père était sur le bras d'Anne, ils me regardèrent à peine.

« Vous vous amusez bien ? demandai-je poliment.
— Qu'y a-t-il ? dit mon père d'un air irrité. Que fais-tu ici ?
— Et vous ? Elsa vous cherche partout depuis une heure. »

Anne tourna la tête vers moi, lentement, comme à regret :

« Nous rentrons. Dites-lui que j'ai été fatiguée et que votre père m'a ramenée. Quand vous vous serez assez amusées, vous rentrerez avec ma voiture. »

L'indignation me faisait trembler, je ne trouvais plus mes mots.

« Quand on se sera assez amusées ! Mais vous ne vous rendez pas compte ! C'est dégoûtant !

Note 1. **plantureuse** : dodue, avec des formes séduisantes.

— Qu'est-ce qui est dégoûtant? dit mon père avec étonnement.

— Tu amènes une fille rousse à la mer sous un soleil qu'elle ne supporte pas et, quand elle est toute pelée, tu l'abandonnes. C'est trop facile! Qu'est-ce que je vais lui dire à Elsa, moi?»

Anne s'était retournée vers lui, l'air lassé. Il lui souriait, ne m'écoutait pas. Je touchais aux bornes de l'exaspération :

«Je vais... je vais lui dire que mon père a trouvé une autre dame avec qui coucher et qu'elle repasse, c'est ça?»

L'exclamation de mon père et la gifle d'Anne furent simultanées. Je sortis précipitamment ma tête de la portière. Elle m'avait fait mal.

«Excuse-toi», dit mon père.

Je restai immobile près de la portière, dans un grand tourbillon de pensées. Les nobles attitudes me viennent toujours trop tard à l'esprit.

«Venez ici», dit Anne.

Elle ne semblait pas menaçante et je m'approchai. Elle mit sa main sur ma joue et me parla doucement, lentement, comme si j'étais un peu bête.

«Ne soyez pas méchante, je suis désolée pour Elsa. Mais vous êtes assez délicate pour arranger cela au mieux. Demain nous nous expliquerons. Je vous ai fait très mal?

— Pensez-vous», dis-je poliment.

Cette subite douceur, mon excès de violence précédent me donnaient envie de pleurer. Je les regardai partir, je me sentais complètement vidée. Ma seule consolation était l'idée de ma propre délicatesse. Je revins à pas lents au casino où je retrouvai Elsa, le Sud-Américain cramponné à son bras.

«Anne a été malade, dis-je d'un air léger. Papa a dû la ramener. On va boire quelque chose?»

Elle me regardait sans répondre. Je cherchai un argument convaincant.

«Elle a eu des nausées, dis-je, c'est affreux, sa robe était toute tachée. »

Ce détail me semblait criant de vérité, mais Elsa se mit à pleurer, doucement, tristement. Désemparée, je la regardai.

«Cécile, dit-elle, oh! Cécile, nous étions si heureux...»

Ses sanglots redoublaient. Le Sud-Américain se mit à pleurer aussi, en répétant : «Nous étions si heureux, si heureux.» En ce moment, je détestai Anne et mon père. J'aurais fait n'importe quoi pour empêcher la pauvre Elsa de pleurer, son rimmel de fondre, cet Américain de sangloter.

«Tout n'est pas dit, Elsa. Revenez avec moi.

— Je reviendrai bientôt prendre mes valises, sanglota-t-elle. Adieu, Cécile, nous nous entendions bien. »

Je n'avais jamais parlé avec elle que du temps ou de la mode, mais il me semblait pourtant que je perdais une vieille amie. Je fis demi-tour brusquement et courus jusqu'à la voiture.

L'amorce du déséquilibre
Questions sur le chapitre 5 de la partie I (pages 41 à 47)

QUE S'EST-IL PASSÉ ENTRE-TEMPS ?

1) Vrai ou faux ? Cochez la bonne réponse :

a) Anne est arrivée par le train. ❏ Vrai ❏ Faux

b) Le jour de cette arrivée, Cécile et Cyril ont échangé leur premier baiser. ❏ Vrai ❏ Faux

c) Lorsque Cécile lui a révélé la présence d'Elsa, Anne a semblé perturbée. ❏ Vrai ❏ Faux

d) Anne insiste pour que Cécile travaille à son examen. ❏ Vrai ❏ Faux

e) La mère de Cyril les a tous invités au restaurant. ❏ Vrai ❏ Faux

f) Cécile a trouvé très pertinente la conversation de la mère de Cyril. ❏ Vrai ❏ Faux

AVEZ-VOUS BIEN LU ?

2) Pourquoi Elsa est-elle si contente d'aller passer la soirée à Cannes ?

3) De quelle manière Anne se distingue-t-elle particulièrement avant le départ ?

4) Pourquoi Cécile apprécie-t-elle le Sud-Américain du casino ?

5) Qu'est-ce qui indigne Cécile et la fait réagir violemment à la fin de la soirée ?

6) Pourquoi Anne gifle-t-elle Cécile ?

7) Pourquoi Elsa se met-elle à pleurer ?

ÉTUDIER LE THÈME DU BASCULEMENT

8 Relevez la formule employée par la narratrice dans le premier paragraphe pour indiquer que la situation a soudainement basculé. De quelle situation s'agit-il ?

9 Le basculement d'un état à l'autre est-il brutal ? Pourquoi ?

10 À la suite de ce basculement, comment chacun des personnages va-t-il évoluer, selon vous ? Justifiez votre réponse.

ÉTUDIER LE RYTHME DU RÉCIT

> **Le rythme du récit**
>
> Pour accélérer ou ralentir le rythme de son récit, le narrateur peut :
> – ne pas raconter certains faits (ellipse narrative) ;
> – développer longuement un événement de courte durée (ralenti) ;
> – résumer certains faits (sommaire) ;
> – interrompre son récit (pause) ;
> – faire coïncider la durée de la narration et la durée effective du fait raconté (scène).

11 Relevez les mots et expressions appartenant au champ lexical* du théâtre. Qu'est-ce qui justifie leur emploi ?

* champ lexical : ensemble de mots qui renvoient à un même thème.

12 Dans les lignes 725 à 732, relevez un passage où la narratrice ralentit le rythme de son récit. En quoi ce procédé peut-il donner l'impression au lecteur qu'il assiste à une pièce de théâtre ?

13 À quels endroits la narratrice interrompt-elle son récit ? Pour quelle raison, selon vous ? Nommez ce procédé.

ÉTUDIER LES PERSONNAGES

14) Cochez le mot qui, selon vous, caractérise le mieux chaque personnage et justifiez votre choix en relevant une phrase ou une expression dans le chapitre :

a) Cécile : ❏ inconsciente ❏ lucide ❏ influencée

b) Elsa : ❏ radieuse ❏ lamentable ❏ violente

c) Anne : ❏ rayonnante ❏ jalouse ❏ endormie

d) Raymond : ❏ ennuyé ❏ respectueux ❏ ébloui

15) Par quels moyens Cécile cherche-t-elle à réconforter Elsa ?

16) Quels sentiments Cécile éprouve-t-elle successivement pour son père ?

À VOS PLUMES !

17) Réécrivez ce chapitre sous la forme d'un texte de théâtre. Ce dernier sera organisé en quatre scènes situées dans trois décors différents.

LIRE L'IMAGE

18) Quels éléments de la photographie prise par Sabine Weiss (p. 12) mettent en évidence le métier de Françoise Sagan ? Quels éléments peuvent permettre de qualifier ses traits de caractère ou ses goûts ?

19) Montrez que cette photographie (p. 12) n'a pas été prise sur le vif mais a été « mise en scène ».

CHAPITRE VI

Le lendemain matin fut pénible, sans doute à cause des whiskies de la veille. Je me réveillai au travers de mon lit, dans l'obscurité, la bouche lourde, les membres perdus dans une moiteur insupportable. Un rai de soleil filtrait à travers les fentes du volet, des poussières y montaient en rangs serrés. Je n'éprouvais ni le désir de me lever, ni celui de rester dans mon lit. Je me demandais si Elsa reviendrait, quels visages auraient Anne et mon père ce matin. Je me forçais à penser à eux afin de me lever sans réaliser mon effort. J'y parvins enfin, me retrouvai sur le carrelage frais de la chambre, dolente[1], étourdie. La glace me tendait un triste reflet, je m'y appuyai : des yeux dilatés, une bouche gonflée, ce visage étranger, le mien... Pouvais-je être faible et lâche à cause de cette lèvre, de ces proportions, de ces odieuses, arbitraires limites ? Et, si j'étais limitée, pourquoi le savais-je d'une manière si éclatante, si contraire à moi-même ? Je m'amusai à me détester, à haïr ce visage de loup, creusé et fripé par la débauche. Je me mis à répéter ce mot de débauche, sourdement, en me regardant les yeux, et, tout à coup, je me vis sourire. Quelle débauche, en effet : quelques malheureux verres, une gifle et des sanglots. Je me lavai les dents et descendis.

Mon père et Anne se trouvaient déjà sur la terrasse, assis l'un près de l'autre devant le plateau du petit déjeuner. Je lançai un vague bonjour, m'assis en face d'eux. Par pudeur, je n'osai pas les regarder, puis leur silence me força à lever les yeux. Anne avait les traits tirés, seuls signes d'une nuit d'amour. Ils souriaient tous les deux, l'air heureux. Cela m'impressionna : le bonheur m'a toujours semblé une ratification[2], une réussite.

« Bien dormi ? dit mon père.

— Comme ça, répondis-je. J'ai trop bu de whisky hier soir. »

Notes

1. dolente : souffreteuse, un peu malade.

2. ratification : confirmation d'une victoire, validation d'un succès.

Je me versai une tasse de café, la goûtai, mais la reposai vite. Il y avait une sorte de qualité, d'attente dans leur silence qui me rendait mal à l'aise. J'étais trop fatiguée pour le supporter longtemps.

« Que se passe-t-il ? Vous avez un air mystérieux. »

Mon père alluma une cigarette d'un geste qui se voulait tranquille. Anne me regardait, manifestement embarrassée pour une fois.

« Je voudrais vous demander quelque chose », dit-elle enfin.

J'envisageai le pire :

« Une nouvelle mission auprès d'Elsa ? »

Elle détourna son visage, le tendit vers mon père :

« Votre père et moi aimerions nous marier », dit-elle.

Je la regardai fixement, puis mon père. Une minute, j'attendis de lui un signe, un clin d'œil, qui m'eût à la fois indignée et rassurée. Il regardait ses mains. Je me disais : « Ce n'est pas possible », mais je savais déjà que c'était vrai.

« C'est une très bonne idée », dis-je pour gagner du temps.

Je ne parvenais pas à comprendre : mon père, si obstinément opposé au mariage, aux chaînes, en une nuit décidé… Cela changeait toute notre vie. Nous perdions l'indépendance. J'entrevis alors notre vie à trois, une vie subitement équilibrée par l'intelligence, le raffinement d'Anne, cette vie que je lui enviais. Des amis intelligents, délicats, des soirées heureuses, tranquilles… Je méprisai soudain les dîners tumultueux, les Sud-Américains, les Elsa. Un sentiment de supériorité, d'orgueil, m'envahissait.

« C'est une très, très bonne idée, répétai-je, et je leur souris.

— Mon petit chat, je savais que tu serais contente », dit mon père.

Il était détendu, enchanté. Redessiné par les fatigues de l'amour, le visage d'Anne semblait plus accessible, plus tendre que je ne l'avais jamais vu.

« Viens ici, mon chat », dit mon père.

Il me tendait les deux mains, m'attirait contre lui, contre elle. J'étais à demi agenouillée devant eux, ils me regardaient avec une douce émotion, me caressaient la tête. Quant à moi, je ne cessais de penser que ma vie tournait peut-être en ce moment mais que je n'étais effectivement pour eux qu'un chat, un petit animal affectueux. Je les sentais au-dessus de moi, unis par un passé, un futur, des liens que je ne connaissais pas, qui ne pouvaient me retenir moi-même. Volontairement, je fermai les yeux, appuyai ma tête sur leurs genoux, ris avec eux, repris mon rôle. D'ailleurs, n'étais-je pas heureuse ? Anne était très bien, je ne lui connaissais nulle mesquinerie[1]. Elle me guiderait, me déchargerait de ma vie, m'indiquerait en toutes circonstances la route à suivre. Je deviendrais accomplie, mon père le deviendrait avec moi.

Mon père se leva pour aller chercher une bouteille de champagne. J'étais écœurée. Il était heureux, c'était bien le principal, mais je l'avais vu si souvent heureux à cause d'une femme...

« J'avais un peu peur de vous, dit Anne.

— Pourquoi ? » demandai-je.

À l'entendre, j'avais l'impression que mon veto[2] aurait pu empêcher le mariage de deux adultes.

« Je craignais que vous n'ayez peur de moi », dit-elle, et elle se mit à rire.

Je me mis à rire aussi car effectivement j'avais un peu peur d'elle. Elle me signifiait à la fois qu'elle le savait et que c'était inutile.

« Ça ne vous paraît pas ridicule, ce mariage de vieux ?

— Vous n'êtes pas vieux », dis-je avec toute la conviction nécessaire car, une bouteille dans les bras, mon père revenait en valsant.

Il s'asseyait auprès d'Anne, posait son bras autour de ses épaules. Elle eut un mouvement du corps vers lui qui me fit

---

1. mesquinerie : bassesse. 2. veto : refus.

baisser les yeux. C'était sans doute pour cela qu'elle l'épousait : pour son rire, pour ce bras dur et rassurant, pour sa vitalité, sa chaleur. Quarante ans, la peur de la solitude, peut-être les derniers assauts des sens… Je n'avais jamais pensé à Anne comme à une femme. Mais comme à une entité[1] : j'avais vu en elle l'assurance, l'élégance, l'intelligence, mais jamais la sensualité, la faiblesse… Je comprenais que mon père fût fier : l'orgueilleuse, l'indifférente Anne Larsen l'épousait. L'aimait-il, pourrait-il l'aimer longtemps ? Pouvais-je distinguer cette tendresse de celle qu'il avait pour Elsa ? Je fermai les yeux, le soleil m'engourdissait. Nous étions tous les trois sur la terrasse, pleins de réticences, de craintes secrètes et de bonheur.

Elsa ne revint pas ces jours-là. Une semaine passa très vite. Sept jours heureux, agréables, les seuls. Nous dressions des plans compliqués d'ameublement, des horaires. Mon père et moi nous plaisions à les faire serrés, difficiles, avec l'inconscience de ceux qui ne les ont jamais connus. D'ailleurs, y avons-nous jamais cru ? Rentrer déjeuner à midi et demi tous les jours au même endroit, dîner chez soi, y rester ensuite, mon père le croyait-il vraiment possible ? Il enterrait cependant allègrement la bohème[2], prônait l'ordre, la vie bourgeoise, élégante, organisée. Sans doute tout cela n'était-il pour lui comme pour moi que des constructions de l'esprit.

J'ai gardé de cette semaine un souvenir que je me plais à creuser aujourd'hui pour m'éprouver moi-même. Anne était détendue, confiante, d'une grande douceur, mon père l'aimait. Je les voyais descendre le matin appuyés l'un à l'autre, riant ensemble, les yeux cernés et j'aurais aimé, je le jure, que cela durât toute la vie. Le soir, nous descendions souvent sur la Côte, prendre l'apéritif à une terrasse. Partout on nous prenait pour une famille unie, normale, et moi, habituée à sortir seule avec mon

---

1. entité : concept, idée générale.

2. bohème : façon de vivre fantaisiste, insouciante, sans règles établies.

père et à récolter des sourires, des regards de malice ou de pitié, je me réjouissais de revenir à un rôle de mon âge. Le mariage devait avoir lieu à Paris, à la rentrée.

Le pauvre Cyril n'avait pas vu sans un certain ahurissement nos transformations intérieures. Mais cette fin légale le réjouissait. Nous faisions du bateau ensemble, nous nous embrassions au gré de nos envies et parfois, tandis qu'il pressait sa bouche sur la mienne, je revoyais le visage d'Anne, son visage doucement meurtri du matin, l'espèce de lenteur, de nonchalance heureuse que l'amour donnait à ses gestes, et je l'enviais. Les baisers s'épuisent, et sans doute si Cyril m'avait moins aimée, serais-je devenue sa maîtresse cette semaine-là.

À six heures, en revenant des îles, Cyril tirait le bateau sur le sable. Nous rejoignions la maison par le bois de pins et, pour nous réchauffer, nous inventions des jeux d'Indiens, des courses à handicap[1]. Il me rattrapait régulièrement avant la maison, s'abattait sur moi en criant victoire, me roulait dans les aiguilles de pins, me ligotait, m'embrassait. Je me rappelle encore le goût de ces baisers essoufflés, inefficaces, et le bruit du cœur de Cyril contre le mien en concordance avec le déferlement des vagues sur le sable... Un, deux, trois, quatre battements de cœur et le doux bruit sur le sable, un, deux, trois... un : il reprenait son souffle, son baiser se faisait précis, étroit, je n'entendais plus le bruit de la mer, mais dans mes oreilles les pas rapides et poursuivis de mon propre sang.

La voix d'Anne nous sépara un soir. Cyril était allongé contre moi, nous étions à moitié nus dans la lumière pleine de rougeurs et d'ombres du couchant et je comprends que cela ait pu abuser[2] Anne. Elle prononça mon nom d'un ton bref.

Notes

1. **à handicap** : avec des désavantages imposés à l'un des coureurs, afin d'équilibrer les chances (par exemple, partir quelques secondes plus tard).

2. **abuser** : tromper.

Cyril se releva d'un bond, honteux bien entendu. Je me relevai à mon tour plus lentement en regardant Anne. Elle se tourna vers Cyril et lui parla doucement comme si elle ne le voyait pas :
«Je compte ne plus vous revoir», dit-elle.

Il ne répondit pas, se pencha sur moi et me baisa l'épaule, avant de s'éloigner. Ce geste m'étonna, m'émut comme un engagement. Anne me fixait, avec ce même air grave et détaché comme si elle pensait à autre chose. Cela m'agaça : si elle pensait à autre chose, elle avait tort de tant parler. Je me dirigeai vers elle en affectant un air gêné, par pure politesse. Elle enleva machinalement une aiguille de pin de mon cou et sembla me voir vraiment. Je la vis prendre son beau masque de mépris, ce visage de lassitude et de désapprobation qui la rendait remarquablement belle et me faisait un peu peur :

«Vous devriez savoir que ce genre de distractions finit généralement en clinique[1]», dit-elle.

Elle me parlait debout en me fixant et j'étais horriblement ennuyée. Elle était de ces femmes qui peuvent parler, droites, sans bouger ; moi, il me fallait un fauteuil, le secours d'un objet à saisir, d'une cigarette, de ma jambe à balancer, à regarder balancer...

«Il ne faut pas exagérer, dis-je en souriant. J'ai juste embrassé Cyril, cela ne me traînera pas en clinique...

— Je vous prie de ne pas le revoir, dit-elle comme si elle croyait à un mensonge. Ne protestez pas : vous avez dix-sept ans, je suis un peu responsable de vous à présent et je ne vous laisserai

---

Note 1. Anne fait, ici, allusion aux conséquences d'une relation sexuelle non protégée : Cécile pourrait se retrouver enceinte et, de ce fait, obligée de se rendre dans une clinique afin d'y faire pratiquer une interruption volontaire de grossesse. En 1954, la pilule contraceptive n'en est qu'à ses débuts. Elle ne sera distribuée en France qu'à partir de 1963 et légalisée en 1967. L'avortement thérapeutique n'a été autorisé qu'à partir de 1955 et l'IVG (interruption volontaire de grossesse) légalisée qu'en 1975 sous l'impulsion de Simone Veil, ministre de la Santé de l'époque.

pas gâcher votre vie. D'ailleurs, vous avez du travail à faire, cela occupera vos après-midi. »

Elle me tourna le dos et repartit vers la maison de son pas nonchalant. La consternation me clouait au sol. Elle pensait ce qu'elle disait : mes arguments, mes dénégations[1], elle les accueillerait avec cette forme d'indifférence pire que le mépris, comme si je n'existais pas, comme si j'étais quelque chose à réduire et non pas moi, Cécile, qu'elle connaissait depuis toujours, moi, enfin, qu'elle aurait pu souffrir de punir ainsi. Mon seul espoir était mon père. Il réagirait comme d'habitude : « Quel est ce garçon, mon chat ? Est-il beau au moins et sain ? Méfie-toi des salopards, ma petite fille. » Il fallait qu'il réagît en ce sens, ou mes vacances étaient finies.

Le dîner passa comme un cauchemar. Pas un instant Anne ne m'avait dit : « Je ne raconterai rien à votre père, je ne suis pas délatrice[2], mais vous allez me promettre de bien travailler. » Ce genre de calculs lui était étranger. Je m'en félicitais et lui en voulais à la fois car cela m'eût permis de la mépriser. Elle évita ce faux pas comme les autres et ce fut après le potage seulement qu'elle sembla se souvenir de l'incident.

« J'aimerais que vous donniez quelques conseils avisés à votre fille, Raymond. Je l'ai trouvée dans le bois de pins avec Cyril, ce soir, et ils semblaient du dernier bien[3]. »

Mon père essaya de prendre cela à la plaisanterie, le pauvre :

« Que me dites-vous là ? Que faisaient-ils ?

— Je l'embrassais, criai-je avec ardeur. Anne a cru...

— Je n'ai rien cru du tout, coupa-t-elle. Mais je crois qu'il serait bon qu'elle cesse de le voir quelque temps et qu'elle travaille un peu sa philosophie. »

Notes

1. **dénégations** : protestations, démentis.
2. **délatrice** : rapporteuse, moucharde.
3. *Être du dernier bien avec quelqu'un* : expression qui signifie « être en très bons termes avec quelqu'un, s'entendre parfaitement avec lui ».

— La pauvre petite, dit mon père... Ce Cyril est gentil garçon, après tout ?

— Cécile est aussi une gentille petite fille, dit Anne. C'est pourquoi je serais navrée qu'il lui arrive un accident. Et, étant donné la liberté complète qu'elle a ici, la compagnie constante de ce garçon et leur désœuvrement, cela me paraît inévitable. Pas vous ? »

Au son de ce « pas vous ? », je levai les yeux et mon père baissa les siens, très ennuyé.

« Vous avez sans doute raison, dit-il. Oui, après tout, tu devrais travailler un peu, Cécile. Tu ne veux quand même pas refaire une philosophie[1] ?

— Que veux-tu que ça me fasse ? » répondis-je brièvement.

Il me regarda et détourna les yeux aussitôt. J'étais confondue. Je me rendais compte que l'insouciance est le seul sentiment qui puisse inspirer notre vie et ne pas disposer d'arguments pour se défendre.

« Voyons, dit Anne en saisissant ma main par-dessus la table, vous allez troquer votre personnage de fille des bois contre celui de bonne écolière, et seulement pendant un mois, ce n'est pas si grave, si ? »

Elle me regardait, il me regardait en souriant : sous ce jour, le débat était simple. Je retirai ma main doucement :

« Si, dis-je, c'est grave. »

Je le dis si doucement qu'ils ne m'entendirent pas ou ne le voulurent pas. Le lendemain matin, je me retrouvai devant une phrase de Bergson : il me fallut quelques minutes pour la

---

Note

1. **refaire une philosophie** : à l'époque, l'examen se déroulait en deux parties. La première année, en juillet, les candidats passaient le français, les langues et les sciences, tandis que l'année suivante était consacrée à la philosophie et aux autres matières. Pour être admis aux oraux, en fin de seconde année, il fallait avoir la moyenne aux écrits. Cécile refait donc son année de philosophie, qui correspond à l'actuelle Terminale.

comprendre : « Quelque hétérogénéité[1] qu'on puisse trouver d'abord entre les faits et la cause, et bien qu'il y ait loin d'une règle de conduite à une affirmation sur le fond des choses, c'est toujours dans un contact avec le principe générateur[2] de l'espèce humaine qu'on s'est senti puiser la force d'aimer l'humanité. » Je me répétai cette phrase, doucement d'abord pour ne pas m'énerver, puis à voix haute. Je me pris la tête dans les mains et la regardai avec attention. Enfin, je la compris et je me sentis aussi froide, aussi impuissante qu'en la lisant pour la première fois. Je ne pouvais pas continuer ; je regardai les lignes suivantes toujours avec application et bienveillance et soudain quelque chose se leva en moi comme un vent, me jeta sur mon lit. Je pensai à Cyril qui m'attendait sur la crique dorée, au balancement doux du bateau, au goût de nos baisers, et je pensai à Anne. J'y pensai d'une telle manière que je m'assis sur mon lit, le cœur battant, en me disant que c'était stupide et monstrueux, que je n'étais qu'une enfant gâtée et paresseuse et que je n'avais pas le droit de penser ainsi. Et je continuai, malgré moi, à réfléchir : à réfléchir qu'elle était nuisible et dangereuse, et qu'il fallait l'écarter de notre chemin. Je me souvenais de ce déjeuner que je venais de passer, les dents serrées. Ulcérée[3], défaite par la rancune, un sentiment que je me méprisais, me ridiculisais d'éprouver… oui, c'est bien là ce que je reprochais à Anne ; elle m'empêchait de m'aimer moi-même. Moi, si naturellement faite pour le bonheur, l'amabilité, l'insouciance, j'entrais par elle dans un monde de reproches, de mauvaise conscience, où, trop inexperte à l'introspection[4], je me perdais moi-même. Et que m'apportait-elle ? Je mesurai sa force : elle avait voulu mon père, elle l'avait, elle allait peu à peu faire de nous le mari et la fille d'Anne Larsen. C'est-à-dire

---

Notes

1. **hétérogénéité** : ensemble d'éléments divers et variés.
2. **générateur** : qui est à l'origine de la création.
3. **Ulcérée** : extrêmement contrariée et en colère.
4. **introspection** : analyse de ses propres sentiments et de ses réactions.

des êtres policés[1], bien élevés et heureux. Car elle nous rendrait heureux ; je sentais bien avec quelle facilité nous, instables, nous céderions à cet attrait des cadres, de l'irresponsabilité. Elle était beaucoup trop efficace. Déjà mon père se séparait de moi ; ce visage gêné, détourné qu'il avait eu à table m'obsédait, me torturait. Je me souvenais avec une envie de pleurer de toutes nos anciennes complicités, de nos rires quand nous rentrions à l'aube en voiture dans les rues blanches[2] de Paris. Tout cela était fini. À mon tour, j'allais être influencée, remaniée, orientée par Anne. Je n'en souffrirais même pas : elle agirait par l'intelligence, l'ironie, la douceur, je n'étais pas capable de lui résister ; dans six mois, je n'en aurais même plus envie.

Il fallait absolument se secouer, retrouver mon père et notre vie d'antan. De quels charmes ne se paraient pas pour moi subitement les deux années joyeuses et incohérentes que je venais d'achever, ces deux années que j'avais si vite reniées l'autre jour ?... La liberté de penser, et de mal penser et de penser peu, la liberté de choisir moi-même ma vie, de me choisir moi-même. Je ne peux dire « d'être moi-même » puisque je n'étais rien qu'une pâte modelable, mais celle de refuser les moules.

Je sais qu'on peut trouver à ce changement des motifs compliqués, que l'on peut me doter de complexes magnifiques : un amour incestueux pour mon père ou une passion malsaine pour Anne. Mais je connais les causes réelles : ce furent la chaleur, Bergson, Cyril ou du moins l'absence de Cyril. J'y pensai tout l'après-midi dans une suite d'états désagréables mais tous issus de cette découverte : que nous étions à la merci d'Anne. Je n'étais pas habituée à réfléchir, cela me rendait irritable. À table, comme le matin, je n'ouvris pas la bouche. Mon père se crut obligé d'en plaisanter :

Notes

1. policés : civilisés et raffinés.

2. blanches : c'est-à-dire éclairées par le soleil du petit matin.

« Ce que j'aime dans la jeunesse, c'est son entrain, sa conversation... »

Je le regardai violemment, avec dureté. Il était vrai qu'il aimait la jeunesse et avec qui avais-je parlé si ce n'est avec lui ? Nous avions parlé de tout : de l'amour, de la mort, de la musique. Il m'abandonnait, me désarmait lui-même. Je le regardai, je pensai : « Tu ne m'aimes plus comme avant, tu me trahis » et j'essayai de le lui faire comprendre sans parler ; j'étais en plein drame. Il me regarda aussi, subitement alarmé, comprenant peut-être que ce n'était plus un jeu et que notre entente était en danger. Je le vis se pétrifier, interrogateur. Anne se tourna vers moi :

« Vous avez mauvaise mine, j'ai des remords de vous faire travailler. »

Je ne répondis pas, je me détestais trop moi-même pour cette espèce de drame que je montais et que je ne pouvais plus arrêter. Nous avions fini de dîner. Sur la terrasse, dans le rectangle lumineux projeté par la fenêtre de la salle à manger, je vis la main d'Anne, une longue main vivante, se balancer, trouver celle de mon père. Je pensai à Cyril, j'aurais voulu qu'il me prît dans ses bras, sur cette terrasse criblée de cigales et de lune. J'aurais voulu être caressée, consolée, raccommodée avec moi-même. Mon père et Anne se taisaient : ils avaient devant eux une nuit d'amour, j'avais Bergson. J'essayai de pleurer, de m'attendrir sur moi-même ; en vain. C'était déjà sur Anne que je m'attendrissais, comme si j'avais été sûre de la vaincre.

Quartier du Panthéon dans les années 1950, près de l'université de la Sorbonne où Françoise Sagan a étudié.

Deuxième partie

CHAPITRE PREMIER

La netteté de mes souvenirs à partir de ce moment m'étonne. J'acquérais une conscience plus attentive des autres, de moi-même. La spontanéité, un égoïsme facile avaient toujours été pour moi un luxe naturel. J'avais toujours vécu. Or, voici que ces quelques jours m'avaient assez troublée pour que je sois amenée à réfléchir, à me regarder vivre. Je passais par toutes les affres[1] de l'introspection sans, pour cela, me réconcilier avec moi-même. « Ce sentiment, pensais-je, ce sentiment à l'égard d'Anne est bête et pauvre, comme ce désir de la séparer de mon père est féroce. » Mais, après tout, pourquoi me juger ainsi ? Étant simplement moi, n'étais-je pas libre d'éprouver ce qui arrivait ? Pour la première fois de ma vie, ce « moi » semblait se partager et la découverte d'une telle dualité m'étonnait prodigieusement. Je trouvais de bonnes excuses, je me les murmurais à moi-même, me jugeant sincère, et brusquement un autre « moi » surgissait, qui s'inscrivait en faux contre mes propres arguments, me criant que je m'abusais moi-même, bien qu'ils eussent toutes les apparences de la vérité. Mais n'était-ce pas, en fait, cet autre qui me trompait ? Cette lucidité n'était-elle pas la pire des erreurs ? Je me débattais des heures entières dans

---

1. affres : tourments.

ma chambre pour savoir si la crainte, l'hostilité que m'inspirait Anne à présent se justifiaient ou si je n'étais qu'une petite jeune fille égoïste et gâtée en veine de[1] fausse indépendance.

En attendant, je maigrissais un peu plus chaque jour, je ne faisais que dormir sur la plage et, aux repas, je gardais malgré moi un silence anxieux qui finissait par les gêner. Je regardais Anne, je l'épiais sans cesse, je me disais tout au long du repas : « Ce geste qu'elle a eu vers lui, n'est-ce pas l'amour, un amour comme il n'en aura jamais d'autre ? Et ce sourire vers moi avec ce fond d'inquiétude dans les yeux, comment pourrais-je lui en vouloir ? » Mais, soudain, elle disait : « Quand nous serons rentrés, Raymond... » Alors, l'idée qu'elle allait partager notre vie, y intervenir, me hérissait. Elle ne me semblait plus qu'habileté et froideur. Je me disais : « Elle est froide, nous sommes chaleureux ; elle est autoritaire, nous sommes indépendants ; elle est indifférente : les gens ne l'intéressent pas, ils nous passionnent ; elle est réservée, nous sommes gais. Il n'y a que nous deux de vivants et elle va se glisser entre nous avec sa tranquillité, elle va se réchauffer, nous prendre peu à peu notre bonne chaleur insouciante, elle va nous voler tout, comme un beau serpent. » Je me répétais un beau serpent... un beau serpent ! Elle me tendait le pain et soudain je me réveillais, je me criais : « Mais c'est fou, c'est Anne, l'intelligente Anne, celle qui s'est occupée de toi. Sa froideur est sa forme de vie, tu ne peux y voir du calcul ; son indifférence la protège de mille petites choses sordides[2], c'est un gage de noblesse. » Un beau serpent... je me sentais blêmir de honte, je la regardais, je la suppliais tout bas de me pardonner. Parfois, elle surprenait ces regards et l'étonnement, l'incertitude assombrissaient son visage, coupaient ses phrases. Elle cherchait instinctivement mon père des yeux ; il la regardait avec admiration ou désir, ne comprenait pas la cause de cette inquiétude.

Notes

1. **en veine de** : ayant la chance de profiter de.

2. **sordides** : indignes et méprisables.

Bonjour tristesse de Françoise Sagan

Enfin, j'arrivais peu à peu à rendre l'atmosphère étouffante et je m'en détestais.

Mon père souffrait autant qu'il lui était, dans son cas, possible de souffrir. C'est-à-dire peu, car il était fou d'Anne, fou d'orgueil et de plaisir et il ne vivait que pour ça. Un jour, cependant, où je somnolais sur la plage, après le bain du matin, il s'assit près de moi et me regarda. Je sentais son regard peser sur moi. J'allais me lever et lui proposer d'aller à l'eau avec l'air faussement enjoué qui me devenait habituel, quand il posa sa main sur ma tête et éleva la voix d'un ton lamentable :

« Anne, venez voir cette sauterelle, elle est toute maigre. Si le travail lui fait cet effet-là, il faut qu'elle s'arrête. »

Il croyait tout arranger et sans doute, dix jours plus tôt, cela eût tout arrangé. Mais j'étais arrivée bien plus loin dans les complications et les heures de travail pendant l'après-midi ne me gênaient plus, étant donné que je n'avais pas ouvert un livre depuis Bergson.

Anne s'approchait. Je restai couchée sur le ventre dans le sable, attentive au bruit de ses pas. Elle s'assit de l'autre côté et murmura :

« C'est vrai que ça ne lui réussit pas. D'ailleurs, il lui suffirait de travailler vraiment au lieu de tourner en rond dans sa chambre... »

Je m'étais retournée, je les regardais. Comment savait-elle que je ne travaillais pas ? Peut-être même avait-elle deviné mes pensées, je la croyais capable de tout. Cette idée me fit peur :

« Je ne tourne pas en rond dans ma chambre, protestai-je.

– Est-ce ce garçon qui te manque ? demanda mon père.

– Non ! »

C'était un peu faux. Mais il est vrai que je n'avais pas eu le temps de penser à Cyril.

« Et pourtant tu ne te portes pas bien, dit mon père sévèrement. Anne, vous la voyez ? On dirait un poulet qu'on aurait vidé et mis à rôtir au soleil.

— Ma petite Cécile, dit Anne, faites un effort. Travaillez un peu et mangez beaucoup. Cet examen est important...

— Je me fous de mon examen, criai-je, vous comprenez, je m'en fous! »

Je la regardai désespérément, bien en face, pour qu'elle comprît que c'était plus grave qu'un examen. Il fallait qu'elle me dise : « Alors, qu'est-ce que c'est ? », qu'elle me harcèle de questions, qu'elle me force à tout lui raconter. Et là, elle me convaincrait, elle déciderait ce qu'elle voudrait, mais ainsi je ne serais plus infestée de ces sentiments acides et déprimants. Elle me regardait attentivement, je voyais le bleu de Prusse de ses yeux assombris par l'attention, le reproche. Et je compris que jamais elle ne penserait à me questionner, à me délivrer parce que l'idée ne l'effleurerait pas et qu'elle estimait que cela ne se faisait pas. Et qu'elle ne me prêtait pas une de ces pensées qui me ravageaient ou que si elle le faisait c'était avec mépris et indifférence. Tout ce qu'elles méritaient, d'ailleurs! Anne accordait toujours aux choses leur importance exacte. C'est pourquoi jamais, jamais, je ne pourrais traiter avec elle.

Je me rejetai sur le sable avec violence, j'appuyai ma joue sur la douceur chaude de la plage, je soupirai, je tremblai un peu. La main d'Anne, tranquille et sûre, se posa sur ma nuque, me maintint immobile un instant, le temps que mon tremblement nerveux s'arrête.

« Ne vous compliquez pas la vie, dit-elle. Vous qui étiez si contente et si agitée, vous qui n'avez pas de tête, vous devenez cérébrale et triste. Ce n'est pas un personnage pour vous.

— Je sais, dis-je. Moi, je suis le jeune être inconscient et sain, plein de gaieté et de stupidité.

— Venez déjeuner », dit-elle.

Mon père s'était éloigné, il détestait ce genre de discussions ; dans le chemin, il me prit la main et la garda. C'était une main dure et réconfortante : elle m'avait mouchée à mon premier chagrin d'amour, elle avait tenu la mienne dans les moments de tranquillité et de bonheur parfait, elle l'avait serrée furtivement dans les moments de complicité et de fou rire. Cette main sur le volant, ou sur les clefs, le soir, cherchant vainement la serrure, cette main sur l'épaule d'une femme ou sur des cigarettes, cette main ne pouvait plus rien pour moi. Je la serrai très fort. Se tournant vers moi, il me sourit.

CHAPITRE II

Deux jours passèrent : je tournais en rond, je m'épuisais. Je ne pouvais me libérer de cette hantise : Anne allait saccager notre existence. Je ne cherchais pas à revoir Cyril, il m'eût rassurée, apporté quelque bonheur et je n'en avais pas envie. Je mettais même une certaine complaisance à me poser des questions insolubles, à me rappeler les jours passés, à craindre ceux qui suivraient. Il faisait très chaud ; ma chambre était dans la pénombre, les volets clos, mais cela ne suffisait pas à écarter une pesanteur, une moiteur de l'air insupportables. Je restais sur mon lit, la tête renversée, les yeux au plafond, bougeant à peine pour retrouver un morceau de drap frais. Je ne dormais pas mais je mettais sur le pick-up[1] au pied de mon lit des disques lents, sans mélodie, juste cadencés. Je fumais beaucoup, je me trouvais décadente[2] et cela me plaisait. Mais ce jeu ne suffisait pas à m'abuser : j'étais triste, désorientée.

Un après-midi, la femme de chambre frappa à ma porte et m'avertit d'un air mystérieux qu'« il y avait quelqu'un en bas ». Je pensai aussitôt à Cyril. Je descendis, mais ce n'était pas lui. C'était Elsa. Elle me serra les mains avec effusion. Je la regardai et je m'étonnai de sa nouvelle beauté. Elle était enfin hâlée, d'un hâle clair et régulier, très soignée, éclatante de jeunesse.

---

1. **pick-up** : électrophone, lecteur de disques vinyles.

2. **décadente** : en perte de prestige car me laissant aller.

«Je suis venue prendre mes valises, dit-elle. Juan m'a acheté quelques robes ces jours-ci, mais ce n'était pas suffisant.»

Je me demandai un instant qui était Juan et passai outre[1]. J'avais plaisir à retrouver Elsa : elle transportait avec elle une ambiance de femme entretenue, de bars, de soirées faciles qui me rappelait des jours heureux. Je lui dis que j'étais contente de la revoir et elle m'assura que nous nous étions toujours bien entendues car nous avions des points communs. Je dissimulai un léger frisson et lui proposai de monter dans ma chambre, ce qui lui éviterait de rencontrer mon père et Anne. Quand je lui parlai de mon père, elle ne put réprimer un petit mouvement de la tête et je pensai qu'elle l'aimait peut-être encore... malgré Juan et ses robes. Je pensai aussi que, trois semaines plus tôt, je n'aurais pas remarqué ce mouvement.

Dans ma chambre, je l'écoutai parler avec force éclats de la vie mondaine et grisante qu'elle avait menée sur la côte. Je sentais confusément se lever en moi des idées curieuses qu'inspirait en partie son nouvel aspect. Enfin elle s'arrêta d'elle-même, peut-être à cause de mon silence, fit quelques pas dans la chambre et, sans se retourner, me demanda d'une voix détachée si «Raymond était heureux». J'eus l'impression de marquer un point, et je compris aussitôt pourquoi. Alors, des foules de projets se mélangèrent dans ma tête, des plans se dressèrent, je me sentis succomber sous le poids de mes arguments. Aussi rapidement, je sus ce qu'il fallait lui dire :

«"Heureux", c'est beaucoup dire ! Anne ne lui laisse pas croire autre chose. Elle est très habile.

— Très ! soupira Elsa.

— Vous ne devinerez jamais ce qu'elle l'a décidé à faire... Elle va l'épouser.»

Note

1. passai outre : ne cherchai pas à aller plus loin dans ma réflexion.

Bonjour tristesse de Françoise Sagan

Elsa tourna vers moi un visage horrifié :

« L'épouser ? Raymond veut se marier, lui ?

– Oui, dis-je, Raymond va se marier. »

Une brusque envie de rire me prenait à la gorge. Mes mains tremblaient. Elsa semblait désemparée, comme si je lui avais porté un coup. Il ne fallait pas la laisser réfléchir et déduire qu'après tout, c'était de son âge et qu'il ne pouvait passer sa vie avec des demi-mondaines. Je me penchai en avant et baissai soudain la voix pour l'impressionner :

« Il ne faut pas que cela se fasse, Elsa. Il souffre déjà. Ce n'est pas une chose possible, vous le comprenez bien.

– Oui », dit-elle.

Elle paraissait fascinée, cela me donnait envie de rire et mon tremblement augmentait.

« Je vous attendais, repris-je. Il n'y a que vous qui soyez de taille à lutter contre Anne. Vous seule avez la classe suffisante. »

Manifestement, elle ne demandait qu'à me croire.

« Mais s'il l'épouse, c'est qu'il l'aime, objecta-t-elle.

– Allons, dis-je doucement, c'est vous qu'il aime, Elsa ! N'essayez pas de me faire croire que vous l'ignorez. »

Je la vis battre des paupières, se détourner pour cacher le plaisir, l'espoir que je lui donnais. J'agissais dans une sorte de vertige, je sentais exactement ce qu'il fallait lui dire.

« Vous comprenez, dis-je, elle lui a fait le coup de l'équilibre conjugal, du foyer, de la morale, et elle l'a eu. »

Mes paroles m'accablaient... Car, en somme, c'étaient bien mes propres sentiments que j'exprimais ainsi, sous une forme élémentaire et grossière sans doute, mais ils correspondaient à mes pensées.

« Si le mariage se fait, notre vie à tous trois est détruite, Elsa. Il faut défendre mon père, c'est un grand enfant... un grand enfant... »

Je répétais «grand enfant» avec énergie. Cela me paraissait un peu trop poussé au mélodrame[1] mais déjà le bel œil vert d'Elsa s'embuait de pitié. J'achevai comme dans un cantique[2] :

«Aidez-moi, Elsa. Je vous le dis pour vous, pour mon père et pour votre amour à tous deux.»

J'achevai *in petto*[3] : «... et pour les petits Chinois.»

«Mais que puis-je faire? demandait Elsa. Cela me paraît impossible.

— Si vous le croyez impossible, alors renoncez, dis-je avec ce que l'on appelle une voix brisée.

— Quelle garce! murmura Elsa.

— C'est le terme exact», dis-je, et je détournai le visage à mon tour.

Elsa renaissait à vue d'œil. Elle avait été bafouée, elle allait lui montrer, à cette intrigante, ce qu'elle pouvait faire, elle, Elsa Mackenbourg. Et mon père l'aimait, elle l'avait toujours su. Elle-même n'avait pu oublier auprès de Juan la séduction de Raymond. Sans doute, elle ne lui parlait pas de foyer, mais elle, au moins, ne l'ennuyait pas, elle n'essayait pas...

«Elsa, dis-je, car je ne la supportais plus, vous allez voir Cyril de ma part et lui demander l'hospitalité. Il s'arrangera avec sa mère. Dites-lui que, demain matin, je viendrai le voir. Nous discuterons ensemble tous les trois.»

Sur le pas de la porte, j'ajoutai pour rire :

«C'est votre destin que vous défendez, Elsa.»

Elle acquiesça gravement comme si, des destins, elle n'en avait pas une quinzaine, autant que d'hommes qui l'entretiendraient. Je la regardai partir dans le soleil, de son pas dansant. Je donnai une semaine à mon père pour la désirer à nouveau.

Notes

1. **mélodrame** : pièce de théâtre populaire remplie de situations exagérément compliquées et tragiques.

2. **cantique** : chant religieux dont les paroles sont issues de la Bible.

3. *in petto* : expression latine signifiant «en soi-même».

Il était trois heures et demie : en ce moment, il devait dormir dans les bras d'Anne. Elle-même épanouie, défaite, renversée dans la chaleur du plaisir, du bonheur, devait s'abandonner au sommeil... Je me mis à dresser des plans très rapidement sans m'arrêter un instant sur moi-même. Je marchais dans ma chambre sans interruption, j'allais jusqu'à la fenêtre, jetais un coup d'œil à la mer parfaitement calme, écrasée sur les sables, je revenais à la porte, me retournais. Je calculais, je supputais[1], je détruisais au fur et à mesure toutes les objections ; je ne m'étais jamais rendu compte de l'agilité de l'esprit, de ses sursauts. Je me sentais dangereusement habile et, à la vague de dégoût qui s'était emparée de moi, contre moi, dès mes premières explications à Elsa, s'ajoutait un sentiment d'orgueil, de complicité intérieure, de solitude.

Tout cela s'effondra – est-il utile de le dire ? – à l'heure du bain. Je tremblais de remords devant Anne, je ne savais que faire pour me rattraper. Je portais son sac, je me précipitais pour lui tendre son peignoir à la sortie de l'eau, je l'accablais de prévenances, de paroles aimables ; ce changement si rapide, après mon silence des derniers jours, ne laissait pas de la surprendre, voire[2] de lui faire plaisir. Mon père était ravi. Anne me remerciait d'un sourire, me répondait gaiement et je me rappelais le « Quelle garce ! C'est le terme exact. » Comment avais-je pu dire cela, accepter les bêtises d'Elsa ? Demain, je lui conseillerais de partir, lui avouant que je m'étais trompée. Tout reprendrait comme avant et, après tout, je le passerais, mon examen ! C'était sûrement utile, le baccalauréat.

« N'est-ce pas ? »

Je parlais à Anne.

« N'est-ce pas que c'est utile, le baccalauréat ? »

Notes

1. supputais : évaluais la situation en tenant compte des différentes données.

2. voire : et même.

Elle me regarda et éclata de rire. Je fis comme elle, heureuse de la voir si gaie.

« Vous êtes incroyable », dit-elle.

C'est vrai que j'étais incroyable, et encore si elle avait su ce que j'avais projeté de faire ! Je mourais d'envie de le lui raconter pour qu'elle voie à quel point j'étais incroyable ! « Figurez-vous que je lançais Elsa dans la comédie : elle faisait semblant d'être amoureuse de Cyril, elle habitait chez lui, nous les voyions passer en bateau, nous les rencontrions dans les bois, sur la côte. Elsa est redevenue belle. Oh ! évidemment, elle n'a pas votre beauté, mais enfin ce côté "belle créature resplendissante qui fait se retourner les hommes". Mon père ne l'aurait pas supporté longtemps : il n'a jamais admis qu'une femme belle qui lui a appartenu se console si vite et, en quelque sorte, sous ses yeux. Surtout avec un homme plus jeune que lui. Vous comprenez, Anne, il en aurait eu envie très vite, bien qu'il vous aime, pour se rassurer. Il est très vaniteux ou très peu sûr de lui, comme vous voulez. Elsa, sous mes directives, aurait fait ce qu'il fallait. Un jour, il vous aurait trompée et vous n'auriez pas pu le supporter, n'est-ce pas ? Vous n'êtes pas de ces femmes qui partagent. Alors vous seriez partie et c'était ce que je voulais. Oui, c'est stupide, je vous en voulais à cause de Bergson, de la chaleur ; je m'imaginais que... Je n'ose même pas vous en parler tellement c'était abstrait et ridicule. À cause de ce baccalauréat, j'aurais pu vous brouiller avec nous, vous l'amie de ma mère, notre amie. Et c'est pourtant utile, le baccalauréat, n'est-ce pas ? »

« N'est-ce pas ?

— N'est-ce pas quoi ? dit Anne. Que le baccalauréat est utile ?

— Oui », dis-je.

Après tout, il valait mieux ne rien lui dire, elle n'aurait peut-être pas compris. Il y avait des choses qu'elle ne comprenait pas, Anne. Je me lançai dans l'eau à la poursuite de mon père, me battis avec lui, retrouvai les plaisirs du jeu, de l'eau, de la bonne conscience. Demain, je changerais de chambre ; je m'installerais au grenier avec mes livres de classe. Je n'emporterais quand même pas Bergson ; il ne fallait pas exagérer. Deux bonnes heures de travail, dans la solitude, l'effort silencieux, l'odeur de l'encre, du papier. Le succès en octobre, le rire stupéfait de mon père, l'approbation d'Anne, la licence[1]. Je serais intelligente, cultivée, un peu détachée, comme Anne. J'avais peut-être des possibilités intellectuelles... N'avais-je pas mis sur pied en cinq minutes un plan logique, méprisable bien sûr, mais logique ? Et Elsa ! Je l'avais prise par la vanité, le sentiment, je l'avais décidée en quelques instants, elle qui venait juste pour prendre sa valise. C'était drôle, d'ailleurs : j'avais visé Elsa, j'avais aperçu la faille, ajusté mes coups avant de parler. Pour la première fois, j'avais connu ce plaisir extraordinaire : percer un être, le découvrir, l'amener au jour et, là, le toucher. Comme on met un doigt sur un ressort, avec précaution, j'avais essayé de trouver quelqu'un et cela s'était déclenché aussitôt. Touché ! Je ne connaissais pas cela, j'avais toujours été trop impulsive. Quand j'avais atteint un être, c'était par mégarde[2]. Tout ce merveilleux mécanisme des réflexes humains, toute cette puissance du langage, je les avais brusquement entrevus. Quel dommage que ce fût par les voies du mensonge. Un jour, j'aimerais quelqu'un passionnément et je chercherais un chemin vers lui, ainsi, avec précaution, avec douceur, la main tremblante...

Notes

1. licence : diplôme de 3ᵉ année à la faculté. Cécile se projette dans un futur heureux : elle envisage déjà sa réussite au bac et son avenir glorieux d'étudiante à la faculté.

2. par mégarde : par inadvertance, par erreur.

Les marionnettes de Cécile

Questions sur le chapitre 2 de la partie II (pages 67 à 73)

Que s'est-il passé entre-temps ?

1) Dans le résumé suivant, barrez les informations inexactes :
Elsa est retournée à Paris. Anne et Raymond filent le parfait amour dans un hôtel à Cannes et ont annoncé leur intention de se marier à Cécile qui s'y est fermement opposée. S'ensuivent sept jours de parfaite tranquillité, jusqu'au moment où Anne surprend Cécile et Cyril dans une chambre, trop fougueusement enlacés à son goût. Elle congédie Cyril et impose à Cécile des révisions obligatoires en sa présence tous les après-midi. Cécile est furieuse : elle décide de vaincre Anne, d'autant plus qu'elle a le soutien de son père et que Cyril lui manque.

Avez-vous bien lu ?

2) Quelles sont les activités de Cécile quand elle est dans sa chambre ?

3) Pour quelle raison Elsa est-elle revenue à la villa ?

4) Pourquoi Cécile fait-elle monter Elsa dans sa chambre ?

5) Quelle information donnée par Cécile fait réagir Elsa ? De quelle façon ?

6) Pourquoi Cécile éprouve-t-elle des remords *« à l'heure du bain »* ?

ÉTUDIER LES DISCOURS RAPPORTÉS

Les paroles rapportées

L'auteur peut choisir de rapporter directement les propos des personnages dans un dialogue ou bien indirectement, en les insérant dans le récit au moyen d'un verbe de parole (*Il disait que...*). Il peut aussi les retranscrire sans utiliser de verbe de parole ni la ponctuation du dialogue : c'est le discours indirect libre.

7) Justifiez l'emploi des guillemets aux lignes 1307-1308. Cet emploi est-il le même qu'aux lignes 1302 et 1326-1327 ? Justifiez votre réponse.

8) Relevez, dans les lignes 1382 à 1393, les phrases où les propos d'Elsa sont donnés au discours indirect libre. Pour quelle raison la narratrice l'emploie-t-elle ici ? Quel est l'effet produit sur le lecteur ?

9) Justifiez l'emploi du conditionnel dans les lignes 1431 à 1453. Pour quelle raison, à votre avis, la narratrice a-t-elle privilégié ici le discours direct ?

ÉTUDIER LE THÈME DE LA MANIPULATION

10) Quelle stratégie Cécile imagine-t-elle pour contrer Anne ? Précisez les différentes phases de son élaboration.

11) Par quels adjectifs Cécile qualifie-t-elle son plan (l. 1457 à 1484) ? Vous paraissent-ils adaptés ? Que pouvez-vous en déduire du jugement que Cécile porte sur elle-même ?

12) Relevez les mots et expressions appartenant au champ lexical du plaisir et de la machination (l. 1457 à 1484). Qualifiez, ensuite, par deux ou trois adjectifs, le comportement de Cécile à ce moment du récit.

ÉTUDIER L'ARGUMENTATION

Le vocabulaire de l'argumentation

Lorsqu'on veut amener une personne à penser ou à faire quelque chose, on peut soit la **convaincre** au moyen d'arguments et d'exemples, en faisant appel à sa raison, soit la **persuader** en touchant sa sensibilité, en faisant appel à ses sentiments (honneur, pitié, amour, etc.).

13 Quels arguments* Cécile emploie-t-elle pour tenter de convaincre Elsa ?

* arguments : preuves servant à démontrer une thèse, c'est-à-dire une idée principale.

14 Par quels procédés autres que la parole Cécile parvient-elle à faire pression sur Elsa ?

15 Qu'est-ce qui, dans son comportement, peut laisser penser à Anne que Cécile lui a pardonné ?

16 Indiquez par quel procédé Cécile signifie à Anne qu'elle a décidé de suivre ses conseils et de réviser son examen. À votre avis, Cécile est-elle sincère ?

RECHERCHE DOCUMENTAIRE

17 Cherchez le sens et l'origine de l'adjectif *machiavélique*. Ce mot vous paraît-il adapté pour qualifier le comportement de Cécile ?

À VOS PLUMES !

18 Cécile hésite sur l'attitude qu'elle va adopter et écrit deux lettres : l'une à Elsa, où elle lui explique son plan, précise sa mise en scène et distribue les rôles à ses acteurs ; l'autre à Anne, à qui elle fait part de ses mauvaises intentions à son égard, des sentiments contradictoires qui l'ont animée et de son mal-être. Rédigez ces deux lettres.

Lire l'image

19 Identifiez les différents personnages représentés sur l'affiche (plat II de couverture). Comment sont-ils caractérisés ?

20 Quelles phrases du passage étudié ici cette affiche vous semble-t-elle illustrer ?

21 Que représente symboliquement la poupée ?

22 Comment le thème de la manipulation est-il mis en valeur ?

Quartier de Saint-André-des-Arts, au cœur de Paris, dans les années 1960.

CHAPITRE III

Le lendemain, en me dirigeant vers la villa de Cyril, je me sentais beaucoup moins sûre de moi, intellectuellement. Pour fêter ma guérison, j'avais beaucoup bu au dîner et j'étais plus que gaie. J'expliquais à mon père que j'allais faire une licence de lettres, que je fréquenterais des érudits[1], que je voulais devenir célèbre et assommante. Il lui faudrait déployer tous les trésors de la publicité et du scandale pour me lancer. Nous échangions des idées saugrenues[2], nous riions aux éclats. Anne riait aussi mais moins fort, avec une sorte d'indulgence. De temps en temps, elle ne riait plus du tout, mes idées de lancement débordant les cadres de la littérature et de la simple décence. Mais mon père était si manifestement heureux de ce que nous nous retrouvions avec nos plaisanteries stupides, qu'elle ne disait rien. Finalement, ils me couchèrent, me bordèrent. Je les remerciai avec passion, leur demandai ce que je ferais sans eux. Mon père ne savait vraiment pas, Anne semblait avoir une idée assez féroce à ce sujet mais comme je la suppliais de me le dire et qu'elle se penchait sur moi, le sommeil me terrassa. Au milieu de la nuit, je fus malade. Le réveil dépassa tout ce que je connaissais en fait de réveil pénible. Les idées vagues, le cœur hésitant, je me dirigeai vers le bois de pins, sans rien voir de la mer du matin et des mouettes surexcitées.

Je trouvai Cyril à l'entrée du jardin. Il bondit vers moi, me prit dans ses bras, me serra violemment contre lui en murmurant des paroles confuses :

« Mon chéri, j'étais tellement inquiet... Il y a si longtemps... Je ne savais pas ce que tu faisais, si cette femme te rendait malheureuse... Je ne savais pas que je pourrais être si malheureux moi-même... Je passais tous les après-midi devant la crique, une fois, deux fois. Je ne croyais pas que je t'aimais tant... »

---

1. **érudits** : gens cultivés qui ont fait des études approfondies.

2. **saugrenues** : bizarres et plutôt absurdes.

— Moi non plus », dis-je.

En fait, cela me surprenait et m'émouvait à la fois. Je regrettais d'avoir si mal au cœur, de ne pouvoir lui témoigner mon émotion.

« Que tu es pâle, dit-il. Maintenant, je vais m'occuper de toi, je ne te laisserai pas maltraiter plus longtemps. »

Je reconnaissais l'imagination d'Elsa. Je demandai à Cyril ce qu'en disait sa mère.

« Je la lui ai présentée comme une amie, une orpheline, dit Cyril. Elle est gentille d'ailleurs, Elsa. Elle m'a tout raconté au sujet de cette femme. C'est curieux, avec un visage si fin, si racé, ces manœuvres d'intrigante.

— Elsa a beaucoup exagéré, dis-je faiblement. Je voulais lui dire justement que…

— Moi aussi, j'ai quelque chose à te dire, coupa Cyril. Cécile, je veux t'épouser. »

J'eus un moment de panique. Il fallait faire quelque chose, dire quelque chose. Si je n'avais pas eu ce mal de cœur épouvantable…

« Je t'aime, disait Cyril dans mes cheveux. Je lâche le droit, on m'offre une situation intéressante… un oncle… J'ai vingt-six ans, je ne suis plus un petit garçon, je parle sérieusement. Que dis-tu ? »

Je cherchais désespérément quelque belle phrase équivoque[1]. Je ne voulais pas l'épouser. Je l'aimais mais je ne voulais pas l'épouser. Je ne voulais épouser personne, j'étais fatiguée.

« Ce n'est pas possible, balbutiai-je. Mon père…

— Ton père, je m'en charge, dit Cyril.

— Anne ne voudra pas, dis-je. Elle prétend que je ne suis pas adulte. Et si elle dit non, mon père le dira aussi. Je suis si

---

1. équivoque : qu'il pourrait interpréter de diverses façons, en tout cas suffisamment ambiguë pour que Cécile ne soit pas obligée de donner immédiatement une réponse claire.

fatiguée, Cyril, ces émotions me coupent les jambes, asseyons-nous. Voilà Elsa. »

Elle descendait en robe de chambre, fraîche et lumineuse. Je me sentis terne et maigre. Ils avaient tous les deux un air sain, florissant[1] et excité qui me déprimait encore. Elle me fit asseoir avec mille ménagements, comme si je sortais de prison.

« Comment va Raymond ? demanda-t-elle. Sait-il que je suis venue ? »

Elle avait le sourire heureux de celle qui a pardonné, qui espère. Je ne pouvais pas lui dire, à elle, que mon père l'avait oubliée et à lui que je ne voulais pas l'épouser. Je fermai les yeux, Cyril alla chercher du café. Elsa parlait, parlait, elle me considérait visiblement comme quelqu'un de très subtil, elle avait confiance en moi. Le café était très fort, très parfumé, le soleil me réconfortait un peu.

« J'ai eu beau chercher, je n'ai pas trouvé de solution, dit Elsa.
— Il n'y en a pas, dit Cyril. C'est un engouement, une influence, il n'y a rien à faire.
— Si, dis-je. Il y a un moyen. Vous n'avez aucune imagination. »

Cela me flattait de les voir attentifs à mes paroles : ils avaient dix ans de plus que moi et ils n'avaient pas d'idée ! Je pris l'air dégagé :

« C'est une question de psychologie », dis-je.

Je parlai longtemps, je leur expliquai mon plan. Ils me présentaient les mêmes objections que je m'étais posées la veille et j'éprouvais à les détruire un plaisir aigu. C'était gratuit mais, à force de vouloir les convaincre, je me passionnais à mon tour. Je leur démontrai que c'était possible. Il me restait à leur montrer qu'il ne fallait pas le faire mais je ne trouvai pas d'arguments aussi logiques.

---

1. **florissant** : témoignant d'une bonne santé.

«Je n'aime pas ces combines, disait Cyril. Mais, si c'est le seul moyen pour t'épouser, je les adopte.

— Ce n'est pas précisément la faute d'Anne, disais-je.

— Vous savez très bien que, si elle reste, vous épouserez qui elle voudra», dit Elsa.

C'était peut-être vrai. Je voyais Anne me présentant un jeune homme le jour de mes vingt ans, licencié aussi, promis à un brillant avenir, intelligent, équilibré, sûrement fidèle. Un peu ce qu'était Cyril, d'ailleurs. Je me mis à rire.

«Je t'en prie, ne ris pas, dit Cyril. Dis-moi que tu seras jalouse quand je ferai semblant d'aimer Elsa. Comment as-tu pu l'envisager ? Est-ce que tu m'aimes ?»

Il parlait à voix basse. Discrètement, Elsa s'était éloignée. Je regardais le visage brun, tendu, les yeux sombres de Cyril. Il m'aimait, cela me donnait une curieuse impression. Je regardais sa bouche, gonflée de sang, si proche... Je ne me sentais plus intellectuelle. Il avança un peu le visage de sorte que nos lèvres, en venant à se toucher, se reconnurent. Je restai assise les yeux ouverts, sa bouche immobile contre la mienne, une bouche chaude et dure; un léger frémissement la parcourait, il s'appuya un peu plus pour l'arrêter, puis ses lèvres s'écartèrent, son baiser s'ébranla, devint vite impérieux, habile, trop habile... Je comprenais que j'étais plus douée pour embrasser un garçon au soleil que pour faire une licence. Je m'écartai un peu de lui, haletante.

«Cécile, nous devons vivre ensemble. Je jouerai le petit jeu avec Elsa.»

Je me demandais si mes calculs étaient justes. J'étais l'âme, le metteur en scène de cette comédie. Je pourrais toujours l'arrêter.

«Tu as des drôles d'idées, dit Cyril avec son petit sourire de biais qui lui retroussait la lèvre et lui donnait l'air d'un bandit, un très beau bandit...

— Embrasse-moi, murmurai-je, embrasse-moi vite.»

C'est ainsi que je déclenchai la comédie. Malgré moi, par nonchalance et curiosité. Je préférerais par moments l'avoir fait volontairement avec haine et violence. Que je puisse au moins me mettre en accusation, moi, et non pas la paresse, le soleil et les baisers de Cyril.

Je quittai les conspirateurs au bout d'une heure, assez ennuyée. Il me restait pour me rassurer nombre d'arguments : mon plan pouvait être mauvais, mon père pouvait fort bien pousser sa passion pour Anne jusqu'à la fidélité. De plus, ni Cyril ni Elsa ne pouvaient rien faire sans moi. Je trouverais bien une raison pour arrêter le jeu, si mon père paraissait s'y laisser prendre. Il était toujours amusant d'essayer de voir si mes calculs psychologiques étaient justes ou faux.

Et, de plus, Cyril m'aimait. Cyril voulait m'épouser : cette pensée suffisait à mon euphorie. S'il pouvait m'attendre un an ou deux, le temps pour moi de devenir adulte, j'accepterais. Je me voyais déjà vivant avec Cyril, dormant contre lui, ne le quittant pas. Tous les dimanches, nous irions déjeuner avec Anne et mon père, ménage uni, et peut-être même la mère de Cyril, ce qui contribuerait à créer l'atmosphère du repas.

Je retrouvai Anne sur la terrasse, elle descendait sur la plage rejoindre mon père. Elle m'accueillit avec l'air ironique dont on accueille les gens qui ont bu la veille. Je lui demandai ce qu'elle avait failli me dire le soir avant que je m'endorme, mais elle refusa en riant, sous prétexte que ça me vexerait. Mon père sortait de l'eau, large et musclé, il me parut superbe. Je me baignai avec Anne, elle nageait doucement, la tête hors de l'eau pour ne pas mouiller ses cheveux. Puis, nous nous allongeâmes tous les trois côte à côte, à plat ventre, moi entre eux deux, silencieux et tranquilles.

C'est alors que le bateau fit son apparition à l'extrémité de la crique, toutes voiles dehors. Mon père le vit le premier.

« Ce cher Cyril n'y tenait plus, dit-il en riant. Anne, on lui pardonne ? Au fond, ce garçon est gentil. »

Je relevai la tête, je sentais le danger.

«Mais qu'est-ce qu'il fait? dit mon père. Il double la crique. Ah! mais il n'est pas seul...»

Anne avait à son tour levé la tête. Le bateau allait passer devant nous et nous doubler. Je distinguai le visage de Cyril, je le suppliai intérieurement de s'en aller.

L'exclamation de mon père me fit sursauter. Pourtant, depuis deux minutes déjà, je l'attendais :

«Mais... mais c'est Elsa! Qu'est-ce qu'elle fait là?»

Il se tourna vers Anne :

«Cette fille est extraordinaire! Elle a dû mettre le grappin sur ce pauvre garçon et se faire adopter par la vieille dame.»

Mais Anne ne l'écoutait pas. Elle me regardait. Je croisai son regard et je reposai mon visage dans le sable, inondée de honte. Elle avança la main, la posa sur mon cou :

«Regardez-moi. M'en voulez-vous?»

J'ouvris les yeux : elle penchait sur moi un regard inquiet, presque suppliant. Pour la première fois, elle me regardait comme on regarde un être sensible et pensant, et cela le jour où... Je poussai un gémissement, je détournai violemment la tête vers mon père pour me libérer de cette main. Il regardait le bateau.

«Ma pauvre petite fille, reprit la voix d'Anne, une voix basse. Ma pauvre petite Cécile, c'est un peu ma faute, je n'aurais peut-être pas dû être si intransigeante... Je n'aurais pas voulu vous faire de peine, le croyez-vous?»

Elle me caressait les cheveux, la nuque, tendrement. Je ne bougeais pas. J'avais la même impression que lorsque le sable s'enfuyait sous moi, au départ d'une vague : un désir de défaite, de douceur m'avait envahie et aucun sentiment, ni la colère, ni le désir, ne m'avait entraînée comme celui-là. Abandonner la comédie, confier ma vie, me mettre entre ses mains jusqu'à la fin de mes jours. Je n'avais jamais ressenti une faiblesse aussi envahissante, aussi violente. Je fermai les yeux. Il me semblait que mon cœur cessait de battre.

CHAPITRE IV

Mon père n'avait pas témoigné d'autre sentiment que l'étonnement. La femme de chambre lui expliqua qu'Elsa était venue prendre sa valise et était repartie aussitôt. Je ne sais pas pourquoi elle ne lui parla pas de notre entrevue. C'était une femme du pays, très romanesque, elle devait se faire une idée assez savoureuse de notre situation. Surtout avec les changements de chambres qu'elle avait opérés.

Mon père et Anne donc, en proie à leurs remords, me témoignèrent des attentions, une bonté qui, insupportable au début, me fut vite agréable. En somme, même si c'était ma faute, il ne m'était guère agréable de croiser sans cesse Cyril et Elsa au bras l'un de l'autre, donnant tous les signes d'une entente parfaite. Je ne pouvais plus faire de bateau, mais je pouvais voir passer Elsa, décoiffée par le vent comme je l'avais été moi-même. Je n'avais aucun mal à prendre l'air fermé et faussement détaché quand nous les rencontrions. Car nous les rencontrions partout : dans le bois de pins, dans le village, sur la route. Anne me jetait un coup d'œil, me parlait d'autre chose, posait sa main sur mon épaule pour me réconforter. Ai-je dit qu'elle était bonne ? Je ne sais pas si sa bonté était une forme affinée de son intelligence ou plus simplement de son indifférence, mais elle avait toujours le mot, le geste justes, et si j'avais eu à souffrir vraiment, je n'aurais pu avoir de meilleur soutien.

Je me laissais donc aller sans trop d'inquiétude car, je l'ai dit, mon père ne donnait aucun signe de jalousie. Cela me prouvait son attachement pour Anne et me vexait quelque peu en démontrant aussi l'inanité[1] de mes plans. Un jour nous rentrions

---

1. **inanité** : inutilité et futilité.

Bonjour tristesse de Françoise Sagan

à la poste, lui et moi, lorsque Elsa nous croisa; elle ne sembla pas nous voir et mon père se retourna sur elle comme sur une inconnue, avec un petit sifflement :

« Dis-moi, elle a terriblement embelli, Elsa.

— L'amour lui réussit », dis-je.

Il me jeta un regard étonné :

« Tu sembles prendre ça mieux...

— Que veux-tu, dis-je. Ils ont le même âge, c'était un peu fatal.

— S'il n'y avait pas eu Anne, ce n'aurait pas été fatal du tout. »

Il était furieux.

« Tu ne t'imagines pas qu'un galopin me prendrait une femme si je n'y consentais pas...

— L'âge joue quand même », dis-je gravement.

Il haussa les épaules. Au retour, je le vis préoccupé : il pensait peut-être qu'effectivement Elsa était jeune et Cyril aussi; et qu'en épousant une femme de son âge, il échappait à cette catégorie des hommes sans date de naissance dont il faisait partie. J'eus un involontaire sentiment de triomphe. Quand je vis chez Anne les petites rides au coin des yeux, le léger pli de la bouche, je m'en voulus. Mais il était tellement facile de suivre mes impulsions et de me repentir ensuite...

Une semaine passa. Cyril et Elsa, ignorants de la marche de leurs affaires, devaient m'attendre chaque jour. Je n'osais pas y aller, ils m'auraient encore extorqué des idées et je n'y tenais pas. D'ailleurs, l'après-midi je montais dans ma chambre, soi-disant pour y travailler. En fait, je n'y faisais rien : j'avais trouvé un livre de yoga et m'y attelais avec grande conviction, prenant parfois toute seule des fous rires terribles et silencieux car je craignais qu'Anne ne m'entende. Je lui disais, en effet, que je travaillais d'arrache-pied; je jouais un peu avec elle à l'amoureuse déçue qui puise sa consolation dans l'espoir d'être un jour une licenciée accomplie. J'avais l'impression qu'elle m'en estimait et il m'arrivait de citer Kant[1] à table, ce qui désespérait visiblement mon père.

Un après-midi, je m'étais enveloppée de serviettes de bain pour avoir l'air plus hindou, j'avais posé mon pied droit sur ma cuisse gauche et je me regardais fixement dans la glace, non avec complaisance mais dans l'espoir d'atteindre l'état supérieur du yogi[2], lorsqu'on frappa. Je supposai que c'était la femme de chambre et comme elle ne s'inquiétait de rien, je lui criai d'entrer.

C'était Anne. Elle resta une seconde figée sur le pas de la porte et sourit :

« À quoi jouez-vous ?

— Au yoga, dis-je. Mais ce n'est pas un jeu, c'est une philosophie hindoue. »

Elle s'approcha de la table et prit mon livre. Je commençai à m'inquiéter. Il était ouvert à la page cent et les autres pages étaient couvertes d'inscriptions de ma main telles que « impraticable » ou « épuisant ».

« Vous êtes bien consciencieuse, dit-elle. Et cette fameuse dissertation sur Pascal[3] dont vous nous avez tant parlé, qu'est-elle devenue ? »

Il était vrai qu'à table, je m'étais plu à disserter sur une phrase de Pascal en faisant semblant d'y avoir réfléchi et travaillé. Je n'en avais jamais écrit un mot, naturellement. Je restai immobile. Anne me regarda fixement et comprit :

« Que vous ne travailliez pas et fassiez le pantin devant la glace, c'est votre affaire ! dit-elle. Mais que vous vous complaisiez à nous mentir ensuite à votre père et moi-même, c'est plus fâcheux. D'ailleurs, vos subites activités intellectuelles m'étonnaient... »

Notes

1. Emmanuel Kant (1724-1804), philosophe allemand.
2. **yogi** : adepte du yoga.
3. Blaise Pascal (1623-1662), philosophe français.

Elle sortit et je restai pétrifiée dans mes serviettes de bain ; je ne comprenais pas qu'elle appelât ça « mensonges ». J'avais parlé de dissertations pour lui faire plaisir et, brusquement, elle m'accablait de son mépris. Je m'étais habituée à sa nouvelle attitude envers moi et la forme calme, humiliante de son dédain me transportait de colère. Je quittai mon déguisement, passai un pantalon, un vieux chemisier et sortis en courant. La chaleur était torride mais je me mis à courir, poussée par une sorte de rage, d'autant plus violente que je n'étais pas sûre de ne pas avoir honte. Je courus jusque chez Cyril, m'arrêtai sur le seuil de la villa, haletante. Dans la chaleur de l'après-midi, les maisons semblaient étrangement profondes, silencieuses et repliées sur leurs secrets. Je montai jusqu'à la chambre de Cyril, il me l'avait montrée le jour que nous étions allés voir sa mère. J'ouvris la porte : il dormait, étendu en travers de son lit, la joue sur son bras. Je le regardai, une minute : pour la première fois, il m'apparaissait désarmé et attendrissant ; je l'appelai à voix basse ; il ouvrit les yeux et se redressa aussitôt en me voyant :

« Toi ? Comment es-tu ici ? »

Je lui fis signe de ne pas parler si fort ; si sa mère arrivait et me trouvait dans la chambre de son fils, elle pourrait croire... et d'ailleurs qui ne croirait pas... Je me sentis prise de panique et me dirigeai vers la porte.

« Mais où vas-tu ? cria Cyril. Reviens... Cécile. »

Il m'avait rattrapée par le bras et me retenait en riant. Je me retournai vers lui et le regardai ; il devint pâle comme je devais l'être moi-même et lâcha mon poignet. Mais ce fut pour me reprendre aussitôt dans ses bras et m'entraîner. Je pensais confusément : cela devait arriver, cela devait arriver. Puis ce fut la ronde de l'amour : la peur qui donne la main au désir, la tendresse et la rage, et cette souffrance brutale que suivait, triomphant, le plaisir. J'eus la chance – et Cyril la douceur nécessaire – de le découvrir dès ce jour-là.

Je restai près de lui une heure, étourdie et étonnée. J'avais toujours entendu parler de l'amour comme d'une chose facile; j'en avais parlé moi-même crûment, avec l'ignorance de mon âge et il me semblait que jamais plus je ne pourrais en parler ainsi, de cette manière détachée et brutale. Cyril, étendu contre moi, parlait de m'épouser, de me garder contre lui toute sa vie. Mon silence l'inquiétait : je me redressai, le regardai et je l'appelai « mon amant ». Il se pencha. J'appuyai ma bouche sur la veine qui battait encore à son cou, je murmurais « mon chéri, Cyril, mon chéri ». Je ne sais pas si c'était de l'amour que j'avais pour lui en ce moment – j'ai toujours été inconstante et je ne tiens pas à me croire autre que je ne suis – mais en ce moment je l'aimais plus que moi-même, j'aurais donné ma vie pour lui. Il me demanda, quand je partis, si je lui en voulais et cela me fit rire. Lui en vouloir de ce bonheur!...

Je revins à pas lents, épuisée et engourdie, dans les pins; j'avais demandé à Cyril de ne pas m'accompagner, c'eût été trop dangereux. Je craignais que l'on pût lire sur mon visage les signatures éclatantes du plaisir, en ombres sous mes yeux, en relief sur ma bouche, en tremblements. Devant la maison, sur une chaise longue, Anne lisait. J'avais déjà de beaux mensonges pour justifier mon absence, mais elle ne me posa pas de questions, elle n'en posait jamais. Je m'assis donc près d'elle dans le silence, me souvenant que nous étions brouillées. Je restais immobile, les yeux mi-clos, attentive au rythme de ma respiration, au tremblement de mes doigts. De temps en temps, le souvenir du corps de Cyril, celui de certains instants, me vidait le cœur.

Je pris une cigarette sur la table, frottai une allumette sur la boîte. Elle s'éteignit. J'en allumai une seconde avec précaution car il n'y avait pas de vent et seule ma main tremblait. Elle s'éteignit aussitôt contre ma cigarette. Je grognai et en pris une troisième. Et alors, je ne sais pourquoi, cette allumette prit pour moi une importance vitale. Peut-être parce que Anne, subitement arrachée à son indifférence, me regardait sans sourire, avec attention. À ce moment-là, le décor, le temps disparurent, il n'y eut plus que cette allumette, mon doigt dessus, la boîte grise et le regard d'Anne. Mon cœur s'affola, se mit à battre à grands coups, je crispai mes doigts sur l'allumette, elle flamba et tandis que je tendais avidement mon visage vers elle, ma cigarette la coiffa et l'éteignit. Je laissai tomber la boîte par terre, fermai les yeux. Le regard dur, interrogateur d'Anne pesait sur moi. Je suppliai quelqu'un de quelque chose, que cette attente cessât. Les mains d'Anne relevèrent mon visage, je serrais les paupières de peur qu'elle ne vît mon regard. Je sentais des larmes d'épuisement, de maladresse, de plaisir s'en échapper. Alors, comme si elle renonçait à toute question, en un geste d'ignorance, d'apaisement, Anne descendit ses mains sur mon visage, me relâcha. Puis elle me mit une cigarette allumée dans la bouche et se replongea dans son livre.

J'ai donné un sens symbolique à ce geste, j'ai essayé de lui en donner un. Mais aujourd'hui, quand je manque une allumette, je retrouve cet instant étrange, ce fossé entre mes gestes et moi, le poids du regard d'Anne et ce vide autour, cette intensité du vide…

CHAPITRE V

Cet incident dont je viens de parler ne devait pas être sans conséquences. Comme certains êtres très mesurés dans leurs réactions, très sûrs d'eux, Anne ne tolérait pas les compromissions[1]. Or, ce geste qu'elle avait eu, ce relâchement tendre de ses mains dures autour de mon visage en était une pour elle. Elle avait deviné quelque chose, elle aurait pu me le faire avouer et, au dernier moment, elle s'était abandonnée à la pitié ou à l'indifférence. Car elle avait autant de difficultés à s'occuper de moi, à

---

1. compromissions : petits arrangements avec la moralité et donc forme de complicité avec les personnes en faute.

me dresser, qu'à admettre mes défaillances. Rien ne la poussait à ce rôle de tuteur, d'éducatrice, si ce n'est le sentiment de son devoir ; en épousant mon père, elle se chargeait en même temps de moi. J'aurais préféré que cette constante désapprobation, si je puis dire, relevât de l'agacement ou d'un sentiment plus à fleur de peau : l'habitude en eût eu rapidement raison ; on s'habitue aux défauts des autres quand on ne croit pas de son devoir de les corriger. Dans six mois, elle n'aurait plus éprouvé à mon égard que de la lassitude, une lassitude affectueuse ; c'est exactement ce qu'il m'aurait fallu. Mais elle ne l'éprouverait pas ; car elle se sentirait responsable de moi et, en un sens, elle le serait, puisque j'étais encore essentiellement malléable[1]. Malléable et entêtée.

Elle s'en voulut donc et me le fit sentir. Quelques jours après, au dîner et toujours au sujet de ces insupportables devoirs de vacances, une discussion s'éleva. Je fus un peu trop désinvolte[2], mon père lui-même s'en offusqua et finalement Anne m'enferma à clef dans ma chambre, tout cela sans avoir prononcé un mot plus haut que l'autre. Je ne savais pas ce qu'elle avait fait et comme j'avais soif, je me dirigeai vers la porte et essayai de l'ouvrir ; elle résista et je compris qu'elle était fermée. Je n'avais jamais été enfermée de ma vie : la panique me prit, une véritable panique. Je courus à la fenêtre, il n'y avait aucun moyen de sortir par là. Je me retournai, véritablement affolée, je me jetai sur la porte et me fis très mal à l'épaule. J'essayai de fracturer la serrure, les dents serrées, je ne voulais pas crier qu'on vînt m'ouvrir. J'y laissai ma pince à ongles. Alors je restai au milieu de la pièce, debout, les mains vides. Parfaitement immobile, attentive à l'espèce de calme, de paix qui montait en moi à mesure que mes pensées se précisaient. C'était mon premier contact avec la cruauté : je la sentais se nouer en moi, se resserrer au fur et

---

Notes

1. **malléable** : docile et influençable.

2. **désinvolte** : légère, manifestant mon manque d'intérêt et d'investissement.

à mesure de mes idées. Je m'allongeai sur mon lit, je bâtis soigneusement un plan. Ma férocité était si peu proportionnée à son prétexte que je me levai deux ou trois fois dans l'après-midi pour sortir de la chambre et que je me heurtai à la porte avec étonnement.

À six heures, mon père vint m'ouvrir. Je me levai machinalement quand il entra dans la pièce. Il me regarda sans rien dire et je lui souris, aussi machinalement.

« Veux-tu que nous parlions ? demanda-t-il.

– De quoi ? dis-je. Tu as horreur de ça et moi aussi. Ce genre d'explications qui ne mènent à rien...

– C'est vrai. » Il semblait soulagé. « Il faut que tu sois gentille avec Anne, patiente. »

Ce terme me surprit : moi, patiente avec Anne... Il renversait le problème. Au fond, il considérait Anne comme une femme qu'il imposait à sa fille. Plus que le contraire. Tous les espoirs étaient permis.

« J'ai été désagréable, dis-je. Je vais m'excuser auprès d'Anne.

– Es-tu... euh... es-tu heureuse ?

– Mais oui, dis-je légèrement. Et puis, si nous nous tiraillons un peu trop avec Anne, je me marierai un peu plus tôt, c'est tout. »

Je savais que cette solution ne manquerait pas de le faire souffrir.

« Ce n'est pas une chose à envisager. Tu n'es pas Blanche-Neige... Tu supporterais de me quitter si tôt ? Nous n'aurions vécu que deux ans ensemble. »

Cette pensée m'était aussi insupportable qu'à lui. J'entrevis le moment où j'allais pleurer contre lui, parler du bonheur perdu et de sentiments excessifs. Je ne pouvais en faire un complice.

« J'exagère beaucoup, tu sais. Anne et moi, nous nous entendons bien, en somme. Avec des concessions mutuelles...

– Oui, dit-il, bien sûr. »

Il devait penser comme moi que les concessions ne seraient probablement pas réciproques, mais viendraient de ma seule personne.

« Tu comprends, dis-je, je me rends très bien compte qu'Anne a toujours raison. Sa vie est beaucoup plus réussie que la nôtre, beaucoup plus lourde de sens… »

Il eut un petit mouvement involontaire de protestation, mais je passai outre :

« … D'ici un mois ou deux, j'aurai assimilé complètement les idées d'Anne ; il n'y aura plus de discussions stupides entre nous. Seulement il faut un peu de patience. »

Il me regardait, visiblement dérouté.

Effrayé aussi : il perdait une complice pour ses incartades[1] futures, il perdait aussi un peu un passé.

« Il ne faut rien exagérer, dit-il faiblement. Je reconnais que je t'ai fait mener une vie qui n'était peut-être pas de ton âge ni… euh, du mien, mais ce n'était pas non plus une vie stupide ou malheureuse… non. Au fond, nous n'avons pas été trop… euh… tristes, non, désaxés, pendant ces deux ans. Il ne faut pas tout renier comme ça parce que Anne a une conception un peu différente des choses.

– Il ne faut pas renier, mais il faut abandonner, dis-je avec conviction.

– Évidemment », dit le pauvre homme, et nous descendîmes.

Je fis sans aucune gêne mes excuses à Anne. Elle me dit qu'elles étaient inutiles et que la chaleur devait être à l'origine de notre dispute. Je me sentais indifférente et gaie.

Je retrouvai Cyril dans le bois de pins, comme convenu ; je lui dis ce qu'il fallait faire. Il m'écouta avec un mélange de crainte et d'admiration. Puis il me prit dans ses bras, mais il était trop tard, je devais rentrer. La difficulté que j'eus à me séparer de lui m'étonna. S'il avait cherché des liens pour me retenir, il les avait

---

Note

1. incartades : écarts de conduite.

trouvés. Mon corps le reconnaissait, se retrouvait lui-même, s'épanouissait contre le sien. Je l'embrassai passionnément, je voulais lui faire mal, le marquer pour qu'il ne m'oublie pas un instant de la soirée, qu'il rêve de moi, la nuit. Car la nuit serait interminable sans lui, sans lui contre moi, sans son habileté, sans sa fureur subite et ses longues caresses.

CHAPITRE VI

Le lendemain matin, j'emmenai mon père se promener avec moi sur la route. Nous parlions de choses insignifiantes, avec gaieté. En revenant vers la villa, je lui proposai de rentrer par le bois de pins. Il était dix heures et demie exactement, j'étais à l'heure. Mon père marchait devant moi, car le chemin était étroit et plein de ronces qu'il écartait au fur et à mesure pour que je ne m'y griffe pas les jambes. Quand je le vis s'arrêter, je compris qu'il les avait vus. Je vins près de lui. Cyril et Elsa dormaient, allongés sur les aiguilles de pins, donnant tous les signes d'un bonheur champêtre ; je le leur avais bien recommandé, mais quand je les vis ainsi, je me sentis déchirée. L'amour d'Elsa pour mon père, l'amour de Cyril pour moi, pouvaient-ils empêcher qu'ils soient également beaux, également jeunes et si près l'un de l'autre... Je jetai un coup d'œil à mon père, il les regardait sans bouger, avec une fixité, une pâleur anormales. Je lui pris le bras :

« Ne les réveillons pas, partons. »

Il jeta un dernier coup d'œil à Elsa. Elsa renversée en arrière dans sa jeune beauté, toute dorée et rousse, un léger sourire aux lèvres, celui de la jeune nymphe[1], enfin rattrapée... Il tourna les talons et se mit à marcher à grands pas.

Note

1. nymphe : dans la mythologie grecque, divinité des bois, des montagnes et des eaux représentée sous la forme d'une belle jeune fille séduisante et attirante. Les nymphes font souvent l'objet de poursuites assidues de la part des dieux qui leur courent après et dont elles cherchent à s'échapper.

« La garce, murmurait-il, la garce !
— Pourquoi dis-tu ça ? Elle est libre, non ?
— Ce n'est pas ça ! Tu as trouvé agréable de voir Cyril dans ses bras ?
— Je ne l'aime plus, dis-je.
— Moi non plus, je n'aime pas Elsa, cria-t-il, furieux. Mais ça me fait quelque chose quand même. Il faut dire que j'avais, euh... vécu avec elle ! C'est bien pire... »

Je le savais, que c'était pire ! Il avait dû ressentir la même envie que moi : se précipiter, les séparer, reprendre son bien, ce qui avait été son bien.

« Si Anne t'entendait !...
— Quoi ? Si Anne m'entendait ?... Évidemment, elle ne comprendrait pas, ou elle serait choquée, c'est normal. Mais toi ? Toi, tu es ma fille, non ? Tu ne me comprends plus, tu es choquée aussi ? »

Qu'il était facile pour moi de diriger ses pensées. J'étais un peu effrayée de le connaître si bien.

« Je ne suis pas choquée, dis-je. Mais enfin, il faut voir les choses en face : Elsa a la mémoire courte, Cyril lui plaît, elle est perdue pour toi. Surtout après ce que tu lui as fait, c'est le genre de choses qu'on ne pardonne pas...
— Si je voulais, commença mon père, et il s'arrêta, effrayé...
— Tu n'y arriverais pas, dis-je avec conviction, comme s'il était naturel de discuter de ses chances de reconquérir Elsa.
— Mais je n'y pense pas, dit-il, retrouvant le sens commun.
— Bien sûr », dis-je avec un haussement d'épaules.

Ce haussement signifiait : « Impossible, mon pauvre, tu es retiré de la course. » Il ne me parla plus jusqu'à la maison. En rentrant, il prit Anne dans ses bras, la garda quelques instants contre lui, les yeux fermés. Elle se laissait faire, souriante, étonnée. Je sortis de la pièce et m'appuyai à la cloison du couloir, tremblante de honte.

Bonjour tristesse de Françoise Sagan

À deux heures, j'entendis le léger sifflement de Cyril et descendis sur la plage. Il me fit aussitôt monter sur le bateau et prit la direction du large. La mer était vide, personne ne songeait à sortir par un soleil semblable. Une fois au large, il abaissa la voile et se tourna vers moi. Nous n'avions presque rien dit :

« Ce matin…, commença-t-il.

– Tais-toi, dis-je, oh ! tais-toi… »

Il me renversa doucement sur la bâche. Nous étions inondés, glissants de sueur, maladroits et pressés ; le bateau se balançait sous nous régulièrement. Je regardais le soleil juste au-dessus de moi. Et soudain le chuchotement impérieux[1] et tendre de Cyril… Le soleil se décrochait, éclatait, tombait sur moi. Où étais-je ? Au fond de la mer, au fond du temps, au fond du plaisir… J'appelais Cyril à voix haute, il ne me répondait pas, il n'avait pas besoin de me répondre.

La fraîcheur de l'eau salée ensuite. Nous riions ensemble, éblouis, paresseux, reconnaissants. Nous avions le soleil et la mer, le rire et l'amour, les retrouverions-nous jamais comme cet été-là, avec cet éclat, cette intensité que leur donnaient la peur et les autres remords ?…

J'éprouvais, en dehors du plaisir physique et très réel que me procurait l'amour, une sorte de plaisir intellectuel à y penser. Les mots « faire l'amour » ont une séduction à eux, très verbale, en les séparant de leur sens. Ce terme de « faire », matériel et positif, uni à cette abstraction[2] poétique du mot « amour », m'enchantait, j'en avais parlé avant sans la moindre pudeur, sans la moindre gêne et sans en remarquer la saveur. Je me sentais à présent devenir pudique. Je baissais les yeux quand mon père regardait Anne un peu fixement, quand elle riait de ce nouveau petit rire bas, indécent, qui nous faisait pâlir, mon père et moi, et regarder par la fenêtre. Eussions-nous dit à Anne que son rire

---

1. impérieux : auquel on ne peut pas résister.

2. abstraction : idée abstraite, privée de réalité et qu'il est difficile de définir.

était tel, qu'elle ne nous eût pas crus. Elle ne se comportait pas en maîtresse avec mon père, mais en amie, en tendre amie. Mais la nuit, sans doute... Je m'interdisais de semblables pensées, je détestais les idées troubles.

Les jours passèrent. J'oubliais un peu Anne, et mon père et Elsa. L'amour me faisait vivre les yeux ouverts, dans la lune, aimable et tranquille. Cyril me demanda si je ne craignais pas d'avoir d'enfant. Je lui dis que je m'en remettais à lui et il sembla trouver cela naturel. Peut-être était-ce pour cela que je m'étais si facilement donnée à lui : parce qu'il ne me laisserait pas être responsable et que, si j'avais un enfant, ce serait lui le coupable. Il prenait ce que je ne pouvais supporter de prendre : les responsabilités. D'ailleurs je me voyais si mal enceinte avec le corps mince et dur que j'avais... Pour une fois, je me félicitai de mon anatomie d'adolescente.

Mais Elsa s'impatientait. Elle me questionnait sans cesse. J'avais toujours peur d'être surprise en sa compagnie ou en celle de Cyril. Elle s'arrangeait pour être toujours en présence de mon père, elle le croisait partout. Elle se félicitait alors de victoires imaginaires, des élans refoulés que, disait-elle, il ne pouvait cacher. Je m'étonnais de voir cette fille, si près en somme de l'amour-argent, par son métier, devenir si romanesque, si excitée par des détails tels qu'un regard, un mouvement, elle formée aux précisions des hommes pressés. Il est vrai qu'elle n'était pas habituée à un rôle subtil et que celui qu'elle jouait devait lui paraître le comble du raffinement psychologique.

Si mon père devenait peu à peu obsédé par Elsa, Anne ne semblait pas s'en apercevoir. Il était plus tendre, plus empressé que jamais et cela me faisait peur, car j'imputais son attitude à d'inconscients remords. Le principal était qu'il ne se passât rien pendant encore trois semaines. Nous rentrerions à Paris, Elsa de son côté et, s'ils y étaient encore décidés, mon père et Anne se marieraient. À Paris, il y aurait Cyril et, de même qu'elle n'avait pu m'empêcher de l'aimer ici, Anne ne pourrait m'empêcher de le voir. À Paris, il avait une chambre, loin de sa mère. J'imaginais déjà la fenêtre ouverte sur les ciels bleus et roses, les ciels extraordinaires de Paris, le roucoulement des pigeons sur la barre d'appui, et Cyril et moi sur le lit étroit…

CHAPITRE VII

À quelques jours de là, mon père reçut un mot d'un de nos amis lui fixant rendez-vous à Saint-Raphaël pour prendre l'apéritif. Il nous en fit part aussitôt, enchanté de s'évader un peu de cette solitude volontaire et un peu forcée où nous vivions. Je déclarai donc à Elsa et à Cyril que nous serions au bar du Soleil à sept heures et que, s'ils voulaient venir, ils nous y verraient. Par malchance, Elsa connaissait l'ami en question, ce qui redoubla son désir de venir. J'entrevis des complications et essayai de la dissuader. Peine perdue.

« Charles Webb m'adore, dit-elle avec une simplicité enfantine. S'il me voit, il ne pourra que pousser Raymond à me revenir. »

Cyril se moquait d'aller ou non à Saint-Raphaël. Le principal pour lui était d'être où j'étais. Je le vis à son regard et je ne pus m'empêcher d'en être fière.

L'après-midi donc, vers six heures, nous partîmes en voiture. Anne nous emmena dans la sienne. J'aimais sa voiture : c'était une lourde américaine décapotable qui convenait plus à sa publicité qu'à ses goûts. Elle correspondait aux miens, pleine d'objets brillants, silencieuse et loin du monde, penchant dans les virages. De plus, nous étions tous les trois devant et nulle part comme dans une voiture, je ne me sentais en amitié avec quelqu'un. Tous les trois devant, les coudes un peu serrés, soumis au même plaisir de la vitesse et du vent, peut-être à une même mort. Anne conduisait, comme pour symboliser la famille que nous allions former. Je n'étais pas remontée dans sa voiture depuis la soirée de Cannes, ce qui me fit rêver.

Au bar du Soleil, nous retrouvâmes Charles Webb et sa femme. Il s'occupait de publicité théâtrale, sa femme de dépenser l'argent qu'il gagnait, cela à une vitesse affolante et pour de jeunes hommes. Il était absolument obsédé par la pensée de joindre les deux bouts, il courait sans cesse après l'argent. D'où son côté inquiet, pressé, qui avait quelque chose d'indécent. Il avait été longtemps l'amant d'Elsa, car elle n'était pas, malgré sa beauté, une femme particulièrement avide et sa nonchalance sur ce point lui plaisait.

Sa femme, elle, était méchante. Anne ne la connaissait pas et je vis rapidement son beau visage prendre cet air méprisant et moqueur qui, dans le monde, lui était coutumier. Charles Webb parlait beaucoup, comme d'habitude, tout en jetant à Anne des regards inquisiteurs[1]. Il se demandait visiblement ce qu'elle faisait avec ce coureur[2] de Raymond et sa fille. Je me sentais pleine d'orgueil à l'idée qu'il allait bientôt le savoir. Mon père se pencha un peu vers lui comme il reprenait haleine et déclara abruptement :

« J'ai une nouvelle, mon vieux. Anne et moi, nous nous marions le 5 octobre. »

Il les regarda successivement l'un et l'autre, parfaitement hébété. Je me réjouissais. Sa femme était déconcertée : elle avait toujours eu un faible pour mon père.

« Mes compliments, cria Webb enfin, d'une voix de stentor[3]... Mais c'est une idée magnifique ! Ma chère madame, vous vous chargez d'un voyou pareil, vous êtes sublime !... Garçon !... Nous devons fêter ça. »

Anne souriait, dégagée et tranquille. Je vis alors le visage de Webb s'épanouir et je ne me retournai pas :

« Elsa ! Mon Dieu, c'est Elsa Mackenbourg, elle ne m'a pas vu. Raymond, tu as vu comme cette fille est devenue belle ?...

---

1. inquisiteurs : curieux et insistants.
2. coureur : séducteur.
3. de stentor : forte et retentissante.

– N'est-ce pas », dit mon père comme un heureux propriétaire.

Puis il se souvint et son visage changea.

Anne ne pouvait pas ne pas remarquer l'intonation de mon père. Elle détourna son visage d'un mouvement rapide, de lui vers moi. Comme elle ouvrait la bouche pour dire n'importe quoi, je me penchai vers elle :

« Anne, votre élégance fait des ravages ; il y a un homme là-bas qui ne vous quitte pas des yeux. »

Je l'avais dit sur un ton confidentiel, c'est-à-dire assez haut pour que mon père l'entendît. Il se retourna aussitôt vivement et aperçut l'homme en question.

« Je n'aime pas ça, dit-il, et il prit la main d'Anne.

– Qu'ils sont gentils ! s'émut ironiquement Mme Webb. Charles, vous n'auriez pas dû les déranger, ces amoureux, il aurait suffi d'inviter la petite Cécile.

– La petite Cécile ne serait pas venue, répondis-je sans ménagements.

– Et pourquoi donc ? Vous avez des amoureux parmi les pêcheurs ? »

Elle m'avait vue une fois en conversation avec un receveur d'autobus sur un banc et me traitait depuis comme une déclassée, comme ce qu'elle appelait « une déclassée ».

« Eh oui, dis-je avec effort pour paraître gaie.

– Et vous pêchez beaucoup ? »

Le comble était qu'elle se croyait drôle. Peu à peu, la colère me gagnait.

« Je ne suis pas spécialisée dans le maquereau, dis-je, mais je pêche. »

Il y eut un silence. La voix d'Anne s'éleva, toujours aussi posée :

« Raymond, voulez-vous demander une paille au garçon ? C'est indispensable avec les oranges pressées. »

Charles Webb enchaîna rapidement sur les boissons rafraîchissantes. Mon père avait le fou rire, je le vis à sa manière de s'absorber dans son verre. Anne me lança un regard suppliant. On décida aussitôt de dîner ensemble comme les gens qui ont failli se brouiller.

Je bus beaucoup pendant le dîner. Il me fallait oublier d'Anne son expression inquiète quand elle fixait mon père ou vaguement reconnaissante quand ses yeux s'attardaient sur moi. Je regardais la femme de Webb avec un sourire épanoui dès qu'elle me lançait une pointe[1]. Cette tactique la déconcertait. Elle devint rapidement agressive. Anne me faisait signe de ne pas broncher. Elle avait horreur des scènes publiques et sentait Mme Webb prête à en faire une. Pour ma part, j'y étais habituée, c'était chose courante dans notre milieu. Aussi n'étais-je nullement tendue en l'écoutant parler.

Après avoir dîné, nous allâmes dans une boîte de Saint-Raphaël. Peu de temps après notre arrivée, Elsa et Cyril arrivèrent. Elsa s'arrêta sur le seuil de la porte, parla très fort à la dame du vestiaire et, suivie du pauvre Cyril, s'engagea dans la salle. Je pensai qu'elle se conduisait plus comme une grue que comme une amoureuse, mais elle était assez belle pour se le permettre.

« Qui est ce godelureau[2] ? demanda Charles Webb. Il est bien jeune.

— C'est l'amour, susurra sa femme. L'amour lui réussit…

— Pensez-vous! dit mon père avec violence. C'est une toquade[3], oui. »

Je regardai Anne. Elle considérait Elsa avec calme, détachement, comme elle regardait les mannequins qui présentaient ses collections ou les femmes très jeunes. Sans aucune acrimonie[4].

Notes

1. **pointe** : pique, plaisanterie plutôt méchante.
2. **godelureau** : familièrement, jeune homme plutôt content de lui-même et cherchant à séduire.
3. **toquade** : familièrement, goût vif mais de courte durée pour une personne ou une chose.
4. **acrimonie** : mauvaise humeur, hargne.

Je l'admirai un instant passionnément pour cette absence de mesquinerie, de jalousie. Je ne comprenais pas d'ailleurs qu'elle eût à être jalouse d'Elsa. Elle était cent fois plus belle, plus fine qu'Elsa. Comme j'étais ivre, je le lui dis. Elle me regarda curieusement.

« Que je suis plus belle qu'Elsa ? Vous trouvez ?

– Sans aucun doute !

– C'est toujours agréable. Mais vous buvez trop, une fois de plus. Donnez-moi votre verre. Vous n'êtes pas trop triste de voir votre Cyril là-bas ? D'ailleurs, il s'ennuie.

– C'est mon amant, dis-je gaiement.

– Vous êtes complètement ivre ! Il est l'heure de rentrer, heureusement ! »

Nous quittâmes les Webb avec soulagement. J'appelai Mme Webb « chère madame » avec componction[1]. Mon père prit le volant, ma tête bascula sur l'épaule d'Anne.

Je pensais que je la préférais aux Webb et à tous ces gens que nous voyions d'habitude. Qu'elle était mieux, plus digne, plus intelligente. Mon père parlait peu. Sans doute revoyait-il l'arrivée d'Elsa.

« Elle dort ? demanda-t-il à Anne.

– Comme une petite fille. Elle s'est relativement bien tenue. Sauf l'allusion aux maquereaux[2], qui était un peu directe... »

Mon père se mit à rire. Il y eut un silence. Puis j'entendis à nouveau la voix de mon père.

« Anne, je vous aime, je n'aime que vous. Le croyez-vous ?

– Ne me le dites pas si souvent, cela me fait peur...

– Donnez-moi la main. »

Je faillis me redresser et protester : « Non, pas en conduisant sur une corniche. » Mais j'étais un peu ivre, le parfum d'Anne,

---

Notes

1. **componction** : solennité.
2. En argot, le maquereau est un souteneur, c'est-à-dire un homme qui fait travailler des prostituées pour son compte.

le vent de la mer dans mes cheveux, la petite écorchure que m'avait faite Cyril sur l'épaule pendant que nous nous aimions, autant de raisons d'être heureuse et de me taire. Je m'endormais. Pendant ce temps, Elsa et le pauvre Cyril devaient se mettre péniblement en route sur la motocyclette que lui avait offerte sa mère pour son dernier anniversaire. Je ne sais pourquoi cela m'émut aux larmes. Cette voiture était si douce, si bien suspendue, si faite pour le sommeil… Le sommeil, Mme Webb ne devait pas le trouver en ce moment! Sans doute, à son âge, je paierai aussi des jeunes gens pour m'aimer parce que l'amour est la chose la plus douce et la plus vivante, la plus raisonnable. Et que le prix importe peu. Ce qui importait, c'était de ne pas devenir aigrie et jalouse, comme elle l'était d'Elsa et d'Anne. Je me mis à rire tout bas. L'épaule d'Anne se creusa un peu plus. «Dormez», dit-elle avec autorité. Je m'endormis.

CHAPITRE VIII

Le lendemain, je me réveillai parfaitement bien, à peine fatiguée, la nuque un peu endolorie par mes excès. Comme tous les matins le soleil baignait mon lit; je repoussai mes draps, ôtai ma veste de pyjama et offris mon dos nu au soleil. La joue sur mon bras replié, je voyais au premier plan le gros grain[1] du drap de toile et, plus loin, sur le carrelage, les hésitations d'une mouche. Le soleil était doux et chaud, il me semblait qu'il faisait affleurer mes os sous la peau, qu'il prenait un soin spécial à me réchauffer. Je décidai de passer la matinée ainsi, sans bouger.

La soirée de la veille se précisait peu à peu dans ma mémoire. Je me souvins d'avoir dit à Anne que Cyril était mon amant et cela me fit rire : quand on est ivre, on dit la vérité et personne ne vous croit. Je me souvins aussi de Mme Webb et de mon altercation avec elle; j'étais accoutumée à ce genre de femmes :

---

1. grain : aspect inégal d'une surface.

Bonjour tristesse de Françoise Sagan

dans ce milieu et à cet âge, elles étaient souvent odieuses à force d'inactivité et de désir de vivre. Le calme d'Anne m'avait fait la juger encore plus atteinte et ennuyeuse que d'habitude. C'était d'ailleurs à prévoir ; je voyais mal qui pourrait, parmi les amies de mon père, soutenir longtemps la comparaison avec Anne. Pour passer des soirées agréables avec ces gens, il fallait soit être un peu ivre et prendre plaisir à se disputer avec eux, soit entretenir des relations intimes avec l'un ou l'autre des conjoints. Pour mon père, c'était plus simple : Charles Webb et lui-même étaient chasseurs. « Devine qui dîne et dort avec moi ce soir ? La petite Mars, du film de Saurel. Je rentrais chez Dupuis et... » Mon père riait et lui tapait sur l'épaule : « Heureux homme ! Elle est presque aussi belle qu'Élise. » Des propos de collégiens. Ce qui me les rendait agréables, c'était l'excitation, la flamme que tous deux y mettaient. Et même, pendant des soirées interminables, aux terrasses des cafés, les tristes confidences de Lombard : « Je n'aimais qu'elle, Raymond ! Tu te rappelles ce printemps, avant qu'elle parte... C'est bête, une vie d'homme pour une seule femme ! » Cela avait un côté indécent, humiliant mais chaleureux, deux hommes qui se livrent l'un à l'autre devant un verre d'alcool.

Les amis d'Anne ne devaient jamais parler d'eux-mêmes. Sans doute ne connaissaient-ils pas ce genre d'aventures. Ou bien même s'ils en parlaient, ce devait être en riant par pudeur. Je me sentais prête à partager avec Anne cette condescendance[1] qu'elle aurait pour nos relations, cette condescendance aimable et contagieuse... Cependant je me voyais moi-même à trente ans, plus semblable à nos amis qu'à Anne. Son silence, son indifférence, sa réserve m'étoufferaient. Au contraire, dans quinze ans, un peu blasée, je me pencherais vers un homme séduisant, un peu las lui aussi :

---

1. **condescendance** : dédain, forme de mépris.

«Mon premier amant s'appelait Cyril. J'avais près de dix-huit ans, il faisait chaud sur la mer...»

Je me plus à imaginer le visage de cet homme. Il aurait les mêmes petites rides que mon père. On frappa à la porte. J'enfilai précipitamment ma veste de pyjama et criai : «Entrez!» C'était Anne, elle tenait précautionneusement une tasse :

«J'ai pensé que vous auriez besoin d'un peu de café... Vous ne vous sentez pas trop mal?

— Très bien, dis-je. J'étais un peu partie, hier soir, je crois.

— Comme chaque fois qu'on vous sort...» Elle se mit à rire. «Mais je dois dire que vous m'avez distraite. Cette soirée était longue.»

Je ne faisais plus attention au soleil, ni même au goût du café. Quand je parlais avec Anne, j'étais parfaitement absorbée, je ne me voyais plus exister et pourtant elle seule me mettait toujours en question, me forçait à me juger.

«Cécile, vous amusez-vous avec ce genre de gens, les Webb ou les Dupuis?

— Je trouve leurs façons assommantes pour la plupart, mais eux sont drôles.»

Elle regardait aussi la démarche de la mouche sur le sol. Je pensai que la mouche devait être infirme. Anne avait des paupières longues et lourdes, il lui était facile d'être condescendante.

«Vous ne saisissez jamais à quel point leur conversation est monotone et... comment dirais-je?... lourde. Ces histoires de contrats, de filles, de soirées, ça ne vous ennuie jamais?

— Vous savez, dis-je, j'ai passé dix ans dans un couvent et comme ces gens n'ont pas de mœurs, cela me fascine encore.»

Je n'osais ajouter que ça me plaisait.

«Depuis deux ans, dit-elle... Ce n'est pas une question de raisonnement, d'ailleurs, ni de morale, c'est une question de sensibilité, de sixième sens...»

Je ne devais pas l'avoir. Je sentais clairement que quelque chose me manquait à ce sujet-là.

« Anne, dis-je brusquement, me croyez-vous intelligente ? »

Elle se mit à rire, étonnée de la brutalité de ma question :

« Mais bien sûr, voyons ! Pourquoi me demandez-vous cela ?

— Si j'étais idiote, vous me répondriez de la même façon, soupirai-je. Vous me donnez cette impression souvent de me dépasser...

— C'est une question d'âge, dit-elle. Il serait très ennuyeux que je n'aie pas un peu plus d'assurance que vous. Vous m'influenceriez ! »

Elle éclata de rire. Je me sentis vexée :

« Ce ne serait pas forcément un mal.

— Ce serait une catastrophe », dit-elle.

Elle quitta brusquement ce ton léger pour me regarder bien en face dans les yeux. Je bougeai un peu, mal à l'aise. Même aujourd'hui, je ne puis m'habituer à cette manie qu'ont les gens de vous regarder fixement quand ils vous parlent ou de venir tout près de vous pour être bien sûrs que vous les écoutiez. Faux calcul d'ailleurs car dans ces cas-là, je ne pense plus qu'à m'échapper, à reculer, je dis « oui, oui », je multiplie les manœuvres pour changer de pied et fuir à l'autre bout de la pièce ; une rage me prend devant leur insistance, leur indiscrétion, ces prétentions à l'exclusivité. Anne, heureusement, ne se croyait pas obligée de m'accaparer ainsi, mais elle se bornait à me regarder sans détourner les yeux et ce ton distrait, léger, que j'affectionnais pour parler, me devenait difficile à garder.

« Savez-vous comment finissent les hommes de la race des Webb ? »

Je pensai intérieurement « et de mon père ».

« Dans le ruisseau, dis-je gaiement.

— Il arrive un âge où ils ne sont plus séduisants, ni "en forme", comme on dit. Ils ne peuvent plus boire et ils pensent encore aux femmes ; seulement ils sont obligés de les payer, d'accepter des quantités de petites compromissions pour échapper à leur solitude. Ils sont bernés, malheureux. C'est ce moment qu'ils choisissent pour devenir sentimentaux et exigeants... J'en ai vu beaucoup devenir ainsi des sortes d'épaves.

— Pauvre Webb! » dis-je.

J'étais désemparée. Telle était la fin qui menaçait mon père, c'était vrai! Du moins, la fin qui l'eût menacé si Anne ne l'avait pris en charge.

« Vous n'y pensez pas, dit Anne avec un petit sourire de commisération[1]. Vous pensez peu au futur, n'est-ce pas? C'est le privilège de la jeunesse.

— Je vous en prie, dis-je, ne me jetez pas ainsi ma jeunesse à la tête. Je m'en sers aussi peu que possible; je ne crois pas qu'elle me donne droit à tous les privilèges ou à toutes les excuses. Je n'y attache pas d'importance.

— À quoi attachez-vous de l'importance? À votre tranquillité, à votre indépendance? »

Je craignais ces conversations, surtout avec Anne.

« À rien, dis-je. Je ne pense guère, vous savez.

— Vous m'agacez un peu, votre père et vous. "Vous ne pensez jamais à rien... vous n'êtes pas bons à grand-chose... vous ne savez pas..." Vous vous plaisez ainsi?

— Je ne me plais pas. Je ne m'aime pas, je ne cherche pas à m'aimer. Il y a des moments où vous me forcez à me compliquer la vie, je vous en veux presque. »

Elle se mit à chantonner, l'air pensif; je reconnaissais la chanson, mais je ne me rappelais plus ce que c'était.

« Quelle est cette chanson, Anne? Ça m'énerve...

— Je ne sais pas. » Elle souriait à nouveau, l'air un peu découragé. « Restez au lit, reposez-vous, je vais poursuivre ailleurs mon enquête sur l'intellect de la famille. »

Note

1. **de commisération** : plein d'indulgence et de bienveillance, associée à une certaine forme de pitié.

« Naturellement, pensais-je, pour mon père c'était facile. » Je l'entendais d'ici : « Je ne pense à rien parce que je vous aime, Anne. » Si intelligente qu'elle fût, cette raison devait lui paraître valable. Je m'étirai longuement avec soin et me replongeai dans mon oreiller. Je réfléchissais beaucoup, malgré ce que j'avais dit à Anne. Au fond, elle dramatisait certainement ; dans vingt-cinq ans, mon père serait un aimable sexagénaire, à cheveux blancs, un peu porté sur le whisky et les souvenirs colorés. Nous sortirions ensemble. C'est moi qui lui raconterais mes frasques et lui me donnerait des conseils. Je me rendis compte que j'excluais Anne de ce futur ; je ne pouvais, je ne parvenais pas à l'y mettre. Dans cet appartement en pagaïe[1], tantôt désolé, tantôt envahi de fleurs, retentissant de scènes et d'accents étrangers, régulièrement encombré de bagages, je ne pouvais envisager l'ordre, le silence, l'harmonie qu'apportait Anne partout comme le plus précieux des biens. J'avais très peur de m'ennuyer à mourir ; sans doute craignais-je moins son influence depuis que j'aimais réellement et physiquement Cyril. Cela m'avait libérée de beaucoup de peurs. Mais je craignais l'ennui, la tranquillité plus que tout. Pour être intérieurement tranquilles, il nous fallait à mon père et à moi l'agitation extérieure. Et cela Anne ne saurait l'admettre.

CHAPITRE IX

Je parle beaucoup d'Anne et de moi-même et peu de mon père. Non que son rôle n'ait été le plus important dans cette histoire, ni que je ne lui accorde de l'intérêt. Je n'ai jamais aimé personne comme lui et de tous les sentiments qui m'animaient à cette époque, ceux que j'éprouvais pour lui étaient les plus stables, les plus profonds, ceux auxquels je tenais le plus. Je le connais trop pour en parler volontiers et je me sens trop proche. Cependant, c'est lui plus que tout autre que je devrais expliquer pour rendre

---

Note

1. **pagaïe** : familièrement, désordre.

sa conduite acceptable. Ce n'était ni un homme vain[1], ni un homme égoïste. Mais il était léger, d'une légèreté sans remède. Je ne puis même pas en parler comme d'un homme incapable de sentiments profonds, comme d'un irresponsable. L'amour qu'il me portait ne pouvait être pris à la légère ni considéré comme une simple habitude de père. Il pouvait souffrir par moi plus que n'importe qui ; et moi-même, ce désespoir que j'avais touché un jour, n'était-ce pas uniquement parce qu'il avait eu ce geste d'abandon, ce regard qui se détournait ?... Il ne me faisait jamais passer après ses passions. Certains soirs, pour me raccompagner à la maison, il avait dû laisser échapper ce que Webb appelait « de très belles occasions ». Mais qu'en dehors de cela, il eût été livré à son bon plaisir, à l'inconstance, à la facilité, je ne puis le nier. Il ne réfléchissait pas. Il tentait de donner à toute chose une explication physiologique[2] qu'il déclarait rationnelle : « Tu te trouves odieuse ? Dors plus, bois moins. » Il en était de même du désir violent qu'il ressentait parfois pour une femme, il ne songeait ni à le réprimer ni à l'exalter jusqu'à un sentiment plus complexe. Il était matérialiste, mais délicat, compréhensif et enfin très bon.

Ce désir qu'il avait d'Elsa le contrariait, mais non comme on pourrait le croire. Il ne se disait pas : « Je vais tromper Anne. Cela implique que je l'aime moins », mais : « C'est ennuyeux, cette envie que j'ai d'Elsa ! Il faudra que ça se fasse vite, ou je vais avoir des complications avec Anne. » De plus, il aimait Anne, il l'admirait, elle le changeait de cette suite de femmes frivoles et un peu sottes qu'il avait fréquentées ces dernières années. Elle satisfaisait à la fois sa vanité, sa sensualité et sa sensibilité, car elle le comprenait, lui offrait son intelligence et son expérience à confronter avec les siennes. Maintenant, qu'il se

---

Notes

1. **vain** : vaniteux, prétentieux sans avoir pour autant des raisons de l'être.

2. **physiologique** : c'est-à-dire en relation avec les réactions physiques et tout ce qui touche au corps humain.

rendît compte de la gravité du sentiment qu'elle lui portait, j'en suis moins sûre! Elle lui paraissait la maîtresse idéale, la mère idéale pour moi. Pensait-il : l'«épouse idéale», avec tout ce que ça entraîne d'obligations? Je ne le crois pas. Je suis sûre qu'aux yeux de Cyril et d'Anne, il était comme moi anormal, affectivement parlant. Cela ne l'empêchait pas d'avoir une vie passionnante, parce qu'il la considérait comme banale et qu'il y apportait toute sa vitalité.

Je ne pensais pas à lui quand je formais le projet de rejeter Anne de notre vie; je savais qu'il se consolerait comme il se consolait de tout : une rupture lui coûterait moins qu'une vie rangée, il n'était vraiment atteint et miné que par l'habitude et l'attendu, comme je l'étais moi-même. Nous étions de la même race, lui et moi; je me disais tantôt que c'était la belle race pure des nomades, tantôt la race pauvre et desséchée des jouisseurs.

En ce moment il souffrait, du moins il s'exaspérait : Elsa était devenue pour lui le symbole de la vie passée, de la jeunesse, de sa jeunesse surtout. Je sentais qu'il mourait d'envie de dire à Anne : «Ma chérie, excusez-moi une journée; il faut que j'aille me rendre compte auprès de cette fille que je ne suis pas un barbon[1]. Il faut que je réapprenne la lassitude de son corps pour être tranquille.» Mais il ne pouvait le lui dire; non parce que Anne était jalouse ou foncièrement vertueuse et intraitable sur ce sujet, mais parce qu'elle avait dû accepter de vivre avec lui sur les bases suivantes : que l'ère de la débauche facile était finie, qu'il n'était plus un collégien, mais un homme à qui elle confiait sa vie, et que par conséquent il avait à se tenir bien et non pas en pauvre homme, esclave de ses caprices. On ne pouvait le reprocher à Anne, c'était parfaitement normal et sain comme calcul, mais cela n'empêchait pas mon père de désirer Elsa. De la désirer peu à peu plus que n'importe quoi, de la désirer du double désir que l'on porte à la chose interdite.

---

[1]. **barbon** : vieil homme (qui ne provoque plus de désir).

Et sans doute, à ce moment-là, pouvais-je tout arranger. Il me suffisait de dire à Elsa de lui céder, et, sous un prétexte quelconque, d'emmener Anne avec moi à Nice ou ailleurs passer l'après-midi. Au retour, nous aurions trouvé mon père détendu et plein d'une nouvelle tendresse pour les amours légales ou qui, du moins, devaient le devenir dès la rentrée. Il y avait aussi ce point, que ne supporterait point Anne : avoir été une maîtresse comme les autres : provisoire. Que sa dignité, l'estime qu'elle avait d'elle-même nous rendaient la vie difficile !...

Mais je ne disais pas à Elsa de lui céder ni à Anne de m'accompagner à Nice. Je voulais que ce désir au cœur de mon père s'infestât et lui fît commettre une erreur. Je ne pouvais supporter le mépris dont Anne entourait notre vie passée, ce dédain facile pour ce qui avait été pour mon père, pour moi, le bonheur. Je voulais non pas l'humilier, mais lui faire accepter notre conception de la vie. Il fallait qu'elle sût que mon père l'avait trompée et qu'elle prît cela dans sa valeur objective, comme une passade toute physique, non comme une atteinte à sa valeur personnelle, à sa dignité. Si elle voulait à tout prix avoir raison, il fallait qu'elle nous laissât avoir tort.

Je faisais même semblant d'ignorer les tourments de mon père. Il ne fallait surtout pas qu'il se confiât à moi, qu'il me forçât à devenir sa complice, à parler à Elsa et écarter Anne.

Je devais faire semblant de considérer son amour pour Anne comme sacré et la personne d'Anne elle-même. Et je dois dire que je n'y avais aucun mal. L'idée qu'il pût tromper Anne et l'affronter me remplissait de terreur et d'une vague admiration.

En attendant nous coulions des jours heureux : je multipliais les occasions d'exciter mon père sur Elsa. Le visage d'Anne ne me remplissait plus de remords. J'imaginais parfois qu'elle accepterait le fait et que nous aurions avec elle une vie aussi conforme à nos goûts qu'aux siens. D'autre part, je voyais souvent Cyril et nous nous aimions en cachette. L'odeur des pins, le bruit de la mer, le contact de son corps... Il commençait à se torturer de remords, le rôle que je lui faisais jouer lui déplaisait au possible, il ne l'acceptait que parce que je le lui faisais croire nécessaire à notre amour. Tout cela représentait beaucoup de duplicité[1], de silences intérieurs, mais si peu d'efforts, de mensonges! (Et seuls, je l'ai dit, mes actes me contraignaient à me juger moi-même.)

Je passe vite sur cette période, car je crains, à force de chercher, de retomber dans des souvenirs qui m'accablent moi-même. Déjà, il me suffit de penser au rire heureux d'Anne, à sa gentillesse avec moi et quelque chose me frappe, d'un mauvais coup bas, me fait mal, je m'essouffle contre moi-même. Je me sens si près de ce qu'on appelle la mauvaise conscience que je suis obligée de recourir à des gestes : allumer une cigarette, mettre un disque, téléphoner à un ami. Peu à peu, je pense à autre chose. Mais je n'aime pas cela, de devoir recourir aux déficiences[2] de ma mémoire, à la légèreté de mon esprit, au lieu de les combattre. Je n'aime pas les reconnaître, même pour m'en féliciter.

CHAPITRE X

C'est drôle comme la fatalité se plaît à choisir pour la représenter des visages indignes ou médiocres. Cet été-là, elle avait pris celui d'Elsa. Un très beau visage, si l'on veut, attirant plutôt. Elle avait aussi un rire extraordinaire, communicatif et complet, comme seuls en ont les gens un peu bêtes.

Ce rire, j'en avais vite reconnu les effets sur mon père. Je le faisais utiliser au maximum par Elsa, quand nous devions la «surprendre» avec Cyril. Je lui disais : «Quand vous m'entendez arriver avec mon père, ne dites rien, mais riez.» Et alors, à

Notes: 1. **duplicité** : hypocrisie.   2. **déficiences** : défaillances.

entendre ce rire comblé, je découvrais sur le visage de mon père le passage de la fureur. Ce rôle de metteur en scène ne laissait pas de me passionner. Je ne manquais jamais mon coup, car quand nous voyions Cyril et Elsa ensemble, témoignant ouvertement de liens imaginaires, mais si parfaitement imaginables, mon père et moi pâlissions ensemble, le sang se retirait de mon visage comme du sien, attiré très loin par ce désir de possession pire que la douleur. Cyril, Cyril penché sur Elsa... Cette image me dévastait le cœur et je la mettais au point avec lui et Elsa sans en comprendre la force. Les mots sont faciles, liants ; et quand je voyais le contour du visage de Cyril, sa nuque brune et douce inclinée sur le visage offert d'Elsa, j'aurais donné n'importe quoi pour que cela ne fût pas. J'oubliais que c'était moi-même qui l'avais voulu.

En dehors de ces accidents, et comblant la vie quotidienne, il y avait la confiance, la douceur – j'ai du mal à employer ce terme –, le bonheur d'Anne. Plus près du bonheur, en effet, que je ne l'avais jamais vue, livrée à nous, les égoïstes, très loin de nos désirs violents et de mes basses petites manœuvres. J'avais bien compté sur cela : son indifférence, son orgueil l'écartaient instinctivement de toute tactique pour s'attacher plus étroitement mon père et, en fait, de toute coquetterie autre que celle d'être belle, intelligente et tendre. Je m'attendris peu à peu sur son compte ; l'attendrissement est un sentiment agréable et entraînant comme la musique militaire. On ne saurait me le reprocher.

Un beau matin, la femme de chambre, très excitée, m'apporta un mot d'Elsa, ainsi conçu : « Tout s'arrange, venez ! » Cela me donna une impression de catastrophe : je déteste les dénouements. Enfin, je retrouvai Elsa sur la plage, le visage triomphant :

« Je viens de voir votre père, enfin, il y a une heure.
– Que vous a-t-il dit ?

— Il m'a dit qu'il regrettait infiniment ce qui s'était passé; qu'il s'était conduit comme un goujat[1]. C'est bien vrai... non ? »

Je crus devoir acquiescer.

« Puis il m'a fait des compliments comme lui seul sait en faire... Vous savez, ce ton un peu détaché, et d'une voix très basse, comme s'il souffrait de les faire... ce ton... »

Je l'arrachai aux délices de l'idylle[2] :

« Pour en venir à quoi ?

— Eh bien, rien !... Enfin si, il m'a invitée à prendre le thé avec lui au village, pour lui montrer que je n'étais pas rancunière, et que j'étais large d'idées, évoluée, quoi ! »

Les idées de mon père sur l'évolution des jeunes femmes rousses faisaient ma joie.

« Pourquoi riez-vous ? Est-ce que je dois y aller ? »

Je faillis lui répondre que cela ne me regardait pas. Puis je me rendis compte qu'elle me tenait pour responsable du succès de ses manœuvres. À tort ou à raison, cela m'irrita.

Je me sentais traquée :

« Je ne sais pas, Elsa, cela dépend de vous ; ne me demandez pas toujours ce qu'il faut que vous fassiez, on croirait que c'est moi qui vous pousse à...

— Mais c'est vous, dit-elle, c'est grâce à vous, voyons... »

Son intonation admirative me faisait brusquement peur.

« Allez-y si vous voulez, mais ne me parlez plus de tout ça, par pitié !

— Mais... mais il faut bien le débarrasser de cette femme... Cécile ! »

Je m'enfuis. Que mon père fasse ce qu'il veut, qu'Anne se débrouille. J'avais d'ailleurs rendez-vous avec Cyril. Il me semblait que seul l'amour me débarrasserait de cette peur anémiante[3] que je ressentais.

Notes

1. **goujat** : personne grossière.
2. **idylle** : amourette, relation amoureuse tendre et naïve.
3. **anémiante** : affaiblissante.

Cyril me prit dans ses bras, sans un mot, m'emmena. Près de lui tout devenait facile, chargé de violence, de plaisir. Quelque temps après, étendue contre lui, sur ce torse doré, inondé de sueur, moi-même épuisée, perdue comme une naufragée, je lui dis que je me détestais. Je le lui dis en souriant, car je le pensais, mais sans douleur, avec une sorte de résignation agréable. Il ne me prit pas au sérieux.

« Peu importe. Je t'aime assez pour t'obliger à être de mon avis. Je t'aime, je t'aime tant. »

Le rythme de cette phrase me poursuivit pendant tout le repas : « Je t'aime, je t'aime tant. » C'est pourquoi, malgré mes efforts, je ne me souviens plus très bien de ce déjeuner. Anne avait une robe mauve comme les cernes sous ses yeux, comme ses yeux mêmes. Mon père riait, apparemment détendu : la situation s'arrangeait pour lui. Il annonça au dessert des courses à faire au village, dans l'après-midi. Je souris intérieurement. J'étais fatiguée, fataliste. Je n'avais qu'une seule envie : me baigner.

À quatre heures je descendis sur la plage. Je trouvai mon père sur la terrasse, comme il partait pour le village ; je ne lui dis rien. Je ne lui recommandai même pas la prudence.

L'eau était douce et chaude. Anne ne vint pas, elle devait s'occuper de sa collection, dessiner dans sa chambre pendant que mon père faisait le joli cœur avec Elsa. Au bout de deux heures, comme le soleil ne me réchauffait plus, je remontai sur la terrasse, m'assis dans un fauteuil, ouvris un journal.

C'est alors qu'Anne apparut ; elle venait du bois. Elle courait, mal d'ailleurs, maladroitement, les coudes au corps. J'eus l'impression subite, indécente, que c'était une vieille dame qui courait, qu'elle allait tomber. Je restai sidérée[1] : elle disparut derrière la maison, vers le garage. Alors, je compris brusquement et me mis à courir, moi aussi, pour la rattraper.

Note | 1. sidérée : frappée de stupeur.

114 | *Bonjour tristesse* de Françoise Sagan

Elle était déjà dans sa voiture, elle mettait le contact. J'arrivai en courant et m'abattis sur la portière.

« Anne, dis-je, Anne, ne partez pas, c'est une erreur, c'est ma faute, je vous expliquerai… »

Elle ne m'écoutait pas, ne me regardait pas, se penchait pour desserrer le frein :

« Anne, nous avons besoin de vous ! »

Elle se redressa alors, décomposée. Elle pleurait. Alors je compris brusquement que je m'étais attaquée à un être vivant et sensible et non pas à une entité. Elle avait dû être une petite fille, un peu secrète, puis une adolescente, puis une femme. Elle avait quarante ans, elle était seule, elle aimait un homme et elle avait espéré être heureuse avec lui dix ans, vingt ans peut-être. Et moi… ce visage, ce visage, c'était mon œuvre. J'étais pétrifiée, je tremblais de tout mon corps contre la portière.

« Vous n'avez besoin de personne, murmura-t-elle, ni vous ni lui. »

Le moteur tournait. J'étais désespérée, elle ne pouvait partir ainsi :

« Pardonnez-moi, je vous en supplie…

– Vous pardonner quoi ? »

Les larmes roulaient inlassablement sur son visage. Elle ne semblait pas s'en rendre compte, le visage immobile :

« Ma pauvre petite fille !… »

Elle posa une seconde sa main sur ma joue et partit. Je vis la voiture disparaître au coin de la maison. J'étais perdue, égarée… Tout avait été si vite. Et ce visage qu'elle avait, ce visage…

J'entendis des pas derrière moi : c'était mon père. Il avait pris le temps d'enlever le rouge à lèvres d'Elsa, de brosser les aiguilles de pins de son costume. Je me retournai, me jetai contre lui :

« Salaud, salaud ! »

Je me mis à sangloter.

« Mais que se passe-t-il ? Est-ce qu'Anne ?… Cécile, dis-moi, Cécile… »

CHAPITRE XI

Nous ne nous retrouvâmes qu'au dîner, tous deux anxieux de ce tête-à-tête si brusquement reconquis. Je n'avais absolument pas faim, lui non plus. Nous savions tous les deux qu'il était indispensable qu'Anne nous revînt. Pour ma part, je ne pourrais pas supporter longtemps le souvenir du visage bouleversé qu'elle m'avait montré avant de partir, ni l'idée de son chagrin et de mes responsabilités. J'avais oublié mes patientes manœuvres et mes plans si bien montés. Je me sentais complètement désaxée, sans rênes ni mors[1], et je voyais le même sentiment sur le visage de mon père.

« Crois-tu, dit-il, qu'elle nous ait abandonnés pour longtemps ?
– Elle est sûrement partie pour Paris, dis-je.
– Paris…, murmura mon père rêveusement.
– Nous ne la verrons peut-être plus… »

Il me regarda, désemparé et prit ma main à travers la table :
« Tu dois m'en vouloir terriblement. Je ne sais pas ce qui m'a pris. En rentrant dans le bois avec Elsa, elle… Enfin je l'ai embrassée et Anne a dû arriver à ce moment-là et… »

Je ne l'écoutais pas. Les deux personnages d'Elsa et de mon père enlacés dans l'ombre des pins m'apparaissaient vaudevillesques[2] et sans consistance, je ne les voyais pas. La seule chose vivante et cruellement vivante de cette journée, c'était le visage d'Anne, ce dernier visage, marqué de douleur, ce visage trahi. Je pris une cigarette dans le paquet de mon père, l'allumai. Encore une chose qu'Anne ne tolérait pas : que l'on fumât au milieu du repas. Je souris à mon père :

Notes

1. **sans rênes ni mors :** c'est-à-dire « sans rien pour me diriger, me guider » (les rênes et le mors sont des pièces du harnais servant à diriger le cheval).

2. **vaudevillesques :** absurdes et grotesques, comme dans un vaudeville (comédie légère fondée sur le quiproquo et les relations adultères).

«Je comprends très bien : ce n'est pas ta faute... Un moment de folie, comme on dit. Mais il faut qu'Anne nous pardonne, enfin "te" pardonne.

— Que faire ? » dit-il.

Il avait très mauvaise mine, il me fit pitié, je me fis pitié, à mon tour ; pourquoi Anne nous abandonnait-elle ainsi, nous faisait-elle souffrir pour une incartade, en somme ? N'avait-elle pas des devoirs envers nous ?

« Nous allons lui écrire, dis-je, et lui demander pardon.

— C'est une idée de génie », cria mon père.

Il trouvait enfin un moyen de sortir de cette inaction pleine de remords où nous tournions depuis trois heures.

Sans finir de manger, nous repoussâmes la nappe et les couverts, mon père alla chercher une grosse lampe, des stylos, un encrier et son papier à lettres et nous nous installâmes l'un en face de l'autre, presque souriants, tant le retour d'Anne, par la grâce de cette mise en scène, nous semblait probable. Une chauve-souris vint décrire des courbes soyeuses devant la fenêtre. Mon père pencha la tête, commença d'écrire.

Je ne puis me rappeler sans un sentiment insupportable de dérision et de cruauté les lettres débordantes de bons sentiments que nous écrivîmes à Anne ce soir-là. Tous les deux sous la lampe, comme deux écoliers appliqués et maladroits, travaillant dans le silence à ce devoir impossible : « retrouver Anne ». Nous fîmes cependant deux chefs-d'œuvre du genre, pleins de bonnes excuses, de tendresse et de repentir. En finissant, j'étais à peu près persuadée qu'Anne n'y pourrait pas résister, que la réconciliation était imminente. Je voyais déjà la scène du pardon, pleine de pudeur et d'humour... Elle aurait lieu à Paris, dans notre salon, Anne entrerait et...

Le téléphone sonna. Il était dix heures. Nous échangeâmes un regard étonné, puis plein d'espoir : c'était Anne, elle téléphonait qu'elle nous pardonnait, qu'elle revenait. Mon père bondit vers l'appareil, cria « Allô » d'une voix joyeuse.

Corniche de l'Esterel.

Puis il ne dit plus que «oui, oui! où ça? oui», d'une voix imperceptible. Je me levai à mon tour : la peur s'ébranlait en moi. Je regardais mon père et cette main qu'il passait sur son visage, d'un geste machinal. Enfin il raccrocha doucement et se tourna vers moi.

«Elle a eu un accident, dit-il. Sur la route de l'Esterel[1]. Il leur a fallu du temps pour retrouver son adresse! Ils ont téléphoné à Paris et là on leur a donné notre numéro d'ici.»

Il parlait machinalement, sur le même ton et je n'osais pas l'interrompre :

«L'accident a eu lieu à l'endroit le plus dangereux. Il y en a eu beaucoup à cet endroit, paraît-il. La voiture est tombée de cinquante mètres. Il eût été miraculeux qu'elle s'en tire.»

Du reste de cette nuit, je me souviens comme d'un cauchemar. La route surgissant sous les phares, le visage immobile de mon père, la porte de la clinique... Mon père ne voulut pas que je la revoie. J'étais assise dans la salle d'attente, sur une banquette, je regardais une lithographie[2] représentant Venise. Je ne pensais à rien. Une infirmière me raconta que c'était le sixième accident à cet endroit depuis le début de l'été. Mon père ne revenait pas.

Alors je pensai que, par sa mort – une fois de plus –, Anne se distinguait de nous. Si nous nous étions suicidés – en admettant que nous en ayons le courage – mon père et moi, c'eût été d'une balle dans la tête en laissant une notice explicative destinée à troubler à jamais le sang et le sommeil des responsables. Mais Anne nous avait fait ce cadeau somptueux de nous laisser une énorme chance de croire à un accident : un endroit dangereux, l'instabilité de sa voiture. Ce cadeau que nous serions

---

Notes

1. **l'Esterel** : massif montagneux du bord de la Méditerranée, situé entre les villes de Saint-Raphaël et Mandelieu.

2. **lithographie** : image (reproduction par impression).

vite assez faibles pour accepter. Et d'ailleurs, si je parle de suicide aujourd'hui, c'est bien romanesque de ma part. Peut-on se suicider pour des êtres comme mon père et moi, des êtres qui n'ont besoin de personne, ni vivant ni mort ? Avec mon père d'ailleurs, nous n'avons jamais parlé que d'un accident.

Le lendemain nous rentrâmes à la maison vers trois heures de l'après-midi. Elsa et Cyril nous y attendaient, assis sur les marches de l'escalier. Ils se dressèrent devant nous comme deux personnages falots[1] et oubliés : ni l'un ni l'autre n'avaient connu Anne ni ne l'avaient aimée. Ils étaient là, avec leurs petites histoires de cœur, le double appât de leur beauté, leur gêne. Cyril fit un pas vers moi et posa sa main sur mon bras. Je le regardai : je ne l'avais jamais aimé. Je l'avais trouvé bon et attirant ; j'avais aimé le plaisir qu'il me donnait ; mais je n'avais pas besoin de lui.

J'allais partir, quitter cette maison, ce garçon et cet été. Mon père était avec moi, il me prit le bras à son tour et nous rentrâmes dans la maison.

Dans la maison, il y avait la veste d'Anne, ses fleurs, sa chambre, son parfum. Mon père ferma les volets, prit une bouteille dans le Frigidaire[2] et deux verres. C'était le seul remède à notre portée. Nos lettres d'excuses traînaient encore sur la table. Je les poussai de la main, elles voltigèrent sur le parquet. Mon père qui revenait vers moi, avec le verre rempli, hésita, puis évita de marcher dessus. Je trouvais tout ça symbolique et de mauvais goût. Je pris mon verre dans mes mains et l'avalai d'un trait. La pièce était dans une demi-obscurité, je voyais l'ombre de mon père devant la fenêtre. La mer battait sur la plage.

Notes
1. **falots** : insignifiants, presque ridicules.
2. **Frigidaire** : désigne une marque de réfrigérateur (d'où la majuscule), qui est désormais employée comme un nom commun.

CHAPITRE XII

À Paris, il y eut l'enterrement par un beau soleil, la foule curieuse, le noir. Mon père et moi serrâmes les mains des vieilles parentes d'Anne. Je les regardai avec curiosité : elles seraient sûrement venues prendre le thé à la maison, une fois par an. On regardait mon père avec commisération : Webb avait dû répandre la nouvelle du mariage. Je vis Cyril qui me cherchait à la sortie. Je l'évitai. Le sentiment de rancune que j'éprouvais à son égard était parfaitement injustifié, mais je ne pouvais m'en défendre... Les gens autour de nous déploraient ce stupide et affreux événement et, comme j'avais encore quelques doutes sur le côté accidentel de cette mort, cela me faisait plaisir.

Dans la voiture, en revenant, mon père prit ma main et la serra dans la sienne. Je pensai : «Tu n'as plus que moi, je n'ai plus que toi, nous sommes seuls et malheureux», et pour la première fois, je pleurai. C'étaient des larmes assez agréables, elles ne ressemblaient en rien à ce vide, ce vide terrible que j'avais ressenti dans cette clinique devant la lithographie de Venise. Mon père me tendit son mouchoir, sans un mot, le visage ravagé.

Durant un mois, nous avons vécu tous les deux comme un veuf et une orpheline, dînant ensemble, déjeunant ensemble, ne sortant pas. Nous parlions un peu d'Anne parfois : «Tu te rappelles, le jour que...» Nous en parlions avec précaution, les yeux détournés, par crainte de nous faire mal ou que quelque chose, venant à se déclencher en l'un de nous, ne l'amène aux paroles irréparables. Ces prudences, ces douceurs réciproques eurent leur récompense. Nous pûmes bientôt parler d'Anne sur un ton normal, comme d'un être cher avec qui nous aurions été heureux, mais que Dieu avait rappelé à Lui. J'écris Dieu au lieu de hasard; mais nous ne croyions pas en Dieu. Déjà bienheureux en cette circonstance de croire au hasard.

Puis un jour, chez une amie, je rencontrai un de ses cousins qui me plut et auquel je plus. Je sortis beaucoup avec lui durant une semaine avec la fréquence et l'imprudence des commence-

Vue des Champs-Élysées depuis l'Arc de Triomphe, dans les années 1950.

ments de l'amour et mon père, peu fait pour la solitude, en fit autant avec une jeune femme assez ambitieuse. La vie recommença comme avant, comme il était prévu qu'elle recommencerait. Quand nous nous retrouvons, mon père et moi, nous rions ensemble, nous parlons de nos conquêtes. Il doit bien se douter que mes relations avec Philippe ne sont pas platoniques[1] et je sais bien que sa nouvelle amie lui coûte fort cher. Mais nous sommes heureux. L'hiver touche à sa fin, nous ne relouerons pas la même villa, mais une autre, près de Juan-les-Pins.

Seulement quand je suis dans mon lit, à l'aube, avec le seul bruit des voitures dans Paris, ma mémoire parfois me trahit : l'été revient et tous ses souvenirs. Anne, Anne ! Je répète ce nom très bas et très longtemps dans le noir. Quelque chose monte alors en moi que j'accueille par son nom, les yeux fermés : Bonjour Tristesse.

Note

1. **platoniques** : c'est-à-dire uniquement spirituelles et intellectuelles.

Un dénouement tragique

**Questions sur les lignes 2770 à 2839 de la partie II
(pages 120 à 123)**

QUE S'EST-IL PASSÉ ENTRE-TEMPS ?

❶ Remettez les phrases dans l'ordre afin de rétablir la chronologie des événements :

a) Anne part en voiture.

b) Cécile fait, pour la première fois, l'amour avec Cyril.

c) Cécile va chez Cyril qui lui demande de l'épouser.

d) Elsa et Cyril acceptent de suivre le plan de Cécile.

e) Raymond apprend, par téléphone, qu'Anne est morte dans un accident de voiture.

f) Raymond donne rendez-vous à Elsa.

g) Raymond et Cécile découvrent Elsa et Cyril endormis dans le bois de pins.

h) Raymond et Cécile écrivent une lettre à Anne.

i) Tous passent la soirée à Saint-Raphaël, où ils voient Charles Webb et sa femme.

AVEZ-VOUS BIEN LU ?

❷ Comment Cécile réagit-elle quand elle revoit Cyril à son retour de la clinique ?

❸ Qu'est-ce qui est resté sur la table et que Cécile fait volontairement tomber par terre ?

❹ Où a lieu l'enterrement d'Anne ?

Bonjour tristesse de Françoise Sagan

5 À quel moment Cécile se met-elle à pleurer ?

ÉTUDIER LE RÉCIT RÉTROSPECTIF

> **Le récit rétrospectif**
>
> Le récit rétrospectif (du latin *spectare*, « regarder », et *retro*, « en arrière ») est généralement écrit à la 1re personne. Le narrateur y raconte un épisode de son passé, qu'il commente et sur lequel il porte un regard nostalgique ou critique. Si l'auteur raconte sa propre vie sans la romancer, il s'agit d'une autobiographie.

6 Quels principaux temps sont employés dans le chapitre XII ? À quel changement voit-on que la narratrice passe du récit rétrospectif au moment de l'énonciation* ?

> *** moment de l'énonciation :** moment où le récit est rédigé.

7 Comment Cécile juge-t-elle le sentiment qu'elle a éprouvé pour Cyril le jour de l'enterrement ? Comment justifie-t-elle sa réaction ?

8 Dans quelles circonstances Cécile éprouve-t-elle le sentiment qu'elle qualifie de *« Tristesse »* ?

ÉTUDIER LE REGISTRE TRAGIQUE

9 Relevez, dans l'extrait donné (l. 2770 à 2839), les mots et expressions associés à la douleur et à la fatalité.

10 Qu'est-ce que Cécile trouve *« symbolique et de mauvais goût »* (l. 2788-2789) ? Justifiez l'emploi de ces qualificatifs.

11 Quels sont les différents sentiments évoqués tout au long de ce passage ? Indiquez ceux qui s'opposent.

ÉTUDIER LA CHUTE

12 Le personnage de Raymond a-t-il évolué au cours du récit ? Justifiez votre réponse.

13 Cécile éprouve-t-elle pour Philippe un sentiment fort ? Quelle évolution de leur relation cela laisse-t-il supposer ?

14 Expliquez le sens de la formule employée par Cécile à la fin du roman : « *Bonjour Tristesse.* »

Recherche documentaire

15 Faites une recherche sur la tragédie antique. Montrez que la fonction que s'est donnée Cécile tout au long du roman, et particulièrement à la fin, peut s'apparenter à celle du coryphée.

À vos plumes !

16 Racontez la scène de l'enterrement du point de vue de Cyril.

Retour sur l'œuvre
Activités autour de *Bonjour tristesse*

❶ Associez le nom officiel de l'écrivain à son nom de plume.

Henri Beyle • • Françoise Sagan

Aurore Dupin • • Stendhal

Eugène Grindel • • Molière

Jean-Baptiste Poquelin • • Paul Eluard

Françoise Quoirez • • George Sand

❷ Associez chaque écrivain à son premier roman.

Victor Hugo (16 ans) • • *Bug-Jargal* (1818)

Cécile Coulon (17 ans) • • *Le Grand Meaulnes* (1913)

Raymond Radiguet (20 ans) • • *Le Diable au corps* (1923)

J.-M. G. Le Clézio (23 ans) • • *Le Procès-verbal* (1963)

Alain-Fournier (27 ans) • • *Le Voleur de vie* (2007)

❸ À quel personnage de *Bonjour tristesse* correspond chacune de ces descriptions extraites du premier chapitre du roman ?

a) « *aimable et lointaine* »

....

b) « *d'une beauté qui donnait confiance* »

....

c) « *gentille, assez simple et sans prétentions sérieuses* »

....

d) « *léger, habile en affaires, toujours curieux et vite lassé* »

....

❹ Complétez cette grille à l'aide des définitions.

			T						
1									
2			R						
3			I						
4			S						
5			T						
6			E						
7			S						
8			S						
9			E						

1. Registre littéraire associé à la fatalité.
2. Genre littéraire de *Bonjour tristesse*.
3. Art de se servir des gens.
4. Faculté de plaire qui a permis à Raymond de charmer de nombreuses femmes.
5. Anne l'exerce sur Cécile, ce qui la révolte.
6. Cécile en éprouve immédiatement en voyant Anne si malheureuse.
7. La tristesse en est un.
8. Cécile le découvre grâce à Cyril.
9. Période de la vie avant l'âge adulte.

Dossier Bibliocollège

Bonjour tristesse

1. L'essentiel sur l'œuvre 130
2. L'œuvre en un coup d'œil 131
3. 1945-1975 : une société en reconstruction
   - Le lourd bilan de l'après-guerre 132
   - Un besoin d'égalité et de stabilité 133
   - Les Trente Glorieuses (1949-1975) 134
   - L'émancipation féminine... 135
   - Théâtre, cinéma, musique... 136
   - Une nouvelle conception de la littérature ... 137
4. Thème : Les figures littéraires de l'adolescente .. 138
5. Genre : Le roman 142
6. Groupement de textes :
   Mensonges et manipulations 147
7. Et par ailleurs… 156

1) L'essentiel sur l'œuvre

Bonjour tristesse est rédigé durant l'été 1953. Paru en mars de l'année suivante, il obtient le Prix des Critiques deux mois après sa sortie. L'éditeur René Julliard avait vérifié au préalable que Françoise Sagan, à peine âgée de 18 ans, était bien l'auteur du manuscrit et qu'il ne s'agissait pas d'une autobiographie.

Immédiatement considéré comme une œuvre majeure par les critiques littéraires de son temps pour la qualité de son écriture, ce court roman a aussi été jugé scandaleux à cause des thèmes choquants pour l'époque qui y sont abordés.

Bonjour tristesse

La narratrice, Cécile, parle à la 1re personne. Six mois après les faits, elle raconte les circonstances de la mort d'Anne. Elle commente et explique ses faits et gestes de l'époque, évalue sa part de responsabilité et s'arrête sur ses sentiments et réactions aussi bien passés que présents. Il s'agit d'un récit rétrospectif.

La structure de ce roman est tragique : dès le début, le lecteur sait que l'histoire va mal finir et que la narratrice est à l'origine du malheur qui va être relaté. Comme dans la tragédie, l'un des personnages s'est dirigé fatalement vers la mort sans que, apparemment, rien ni personne ait pu arrêter ou orienter différemment le cours des événements.

2) L'œuvre en un coup d'œil

I – *Bonjour tristesse* : un roman tragique

		D'un certain bonheur vers le déséquilibre
Première partie	I	Cécile est en vacances avec son père Raymond et Elsa.
	II	Premier baiser de Cyril et arrivée d'Anne.
	III	Attirance de Raymond pour Anne.
	IV	Flirt heureux de Cécile et Cyril.
	V	Soirée à Cannes. Départ d'Elsa. Anne et Raymond sont amants.
	VI	Annonce du mariage de Raymond avec Anne. *Rupture :* Anne chasse Cyril et oblige Cécile à réviser. *Découverte de la révolte et du désir de vengeance.*

		Du déséquilibre vers l'issue tragique
Deuxième partie	I	Sentiments contrastés de Cécile à l'égard d'Anne.
	II	Visite d'Elsa. *Découverte du pouvoir des mots et de la manipulation.*
	III	Cécile soumet son plan à Cyril et Elsa.
	IV	Cyril et Elsa se montrent partout ensemble. Cécile et Cyril font l'amour pour la première fois.
	V	Cécile est enfermée dans sa chambre.
	VI	Cécile influence Raymond et se croit amoureuse de Cyril.
	VII	Soirée à Saint-Raphaël avec les Webb.
	VIII	Cécile et Anne discutent des caractéristiques de l'amour.
	IX	Cécile continue d'influencer Raymond et de se croire amoureuse.
	X	Raymond embrasse Elsa. Départ précipité d'Anne.
	XI	Élaboration de la lettre d'excuse. Accident et mort d'Anne.
	XII	Enterrement d'Anne. Chagrin de Cécile. *Rupture :* la vie « d'avant » reprend ses droits. *Découverte d'un sentiment inconnu : la tristesse.*

3) 1945-1975 : une société en reconstruction

LE LOURD BILAN DE L'APRÈS-GUERRE

Des pertes humaines

La Seconde Guerre mondiale a été le conflit le plus meurtrier de tous les temps (plus de 55 millions de morts), – d'où **une importante baisse de la population active** et du taux de natalité.

Une Europe en ruine

60 % des villes sont détruites du fait des bombardements massifs. La reconstruction provoque une série de **crises économiques** dans de nombreux pays, marquées par des hausses d'impôts et de fortes inflations. Malgré la paix, les **restrictions** perdurent.

Bilan moral

Les populations sont **accablées par le deuil et l'horreur** avec la découverte des camps d'extermination. L'Allemagne nazie est déclarée coupable de crimes contre l'humanité. C'est la première fois qu'une telle accusation est portée.

Réorganisation de l'Europe

Vaincue, l'Allemagne est placée sous le contrôle des Alliés américains, soviétiques, anglais et français. Les **États-Unis** élaborent un programme d'assistance économique à l'Europe (plan Marshall) et assoient leur **domination économique et militaire** (bombe atomique).

Bonjour tristesse de Françoise Sagan

1945-1975 : UNE SOCIÉTÉ EN RECONSTRUCTION

Un élan partisan

À la Libération, l'influence des idées de la Résistance et le désir d'égalité se traduisent par un **fort engagement politique**. Le Parti communiste a de très nombreux adhérents, et le **syndicalisme** est en pleine expansion.

Le pouvoir de la presse

Dès 1946, la presse écrite dépasse sa diffusion d'avant-guerre et se met largement au service du **militantisme** : chaque parti politique possède au moins un journal. Les intellectuels y commentent les faits de société en **prenant position**.

UN BESOIN D'ÉGALITÉ ET DE STABILITÉ

Les mouvements de jeunesse

Les jeunes se regroupent régulièrement au sein d'**organismes** aussi bien **politiques** que **religieux**, qui leur proposent des activités de loisirs et un encadrement éducatif. Le **scoutisme** est en pleine expansion.

L'Église catholique

Après la guerre, la religion reste très influente : 2 Français sur 3 affirment croire en Dieu. L'Église veille particulièrement aux **mœurs** des femmes et des adolescents jusqu'à leur majorité, alors fixée à 21 ans. Certains religieux militants, comme l'abbé Pierre, font **appel à la solidarité** nationale afin d'aider les plus défavorisés.

Dossier Bibliocollège

1945-1975 : UNE SOCIÉTÉ EN RECONSTRUCTION

LES TRENTE GLORIEUSES (1949-1975)

Une forte croissance économique

À partir de 1949 et jusqu'à la crise pétrolière de 1973, l'augmentation de la **production industrielle** et la forte expansion démographique (**baby-boom**) permettent de retrouver une situation de **plein emploi**. Les **inégalités sociales** restent cependant importantes.

La société de consommation

Les ménages **consomment** et aspirent au **confort** : ils s'équipent en **biens matériels** (réfrigérateur, machine à laver, télévision, automobile…) et partent en vacances.
Les **lieux touristiques** (stations balnéaires…) et **de loisirs** (cinémas, dancings…) se développent et se démocratisent.

L'enseignement

Durant cette période, quatre fois plus de lycéens (majoritairement des garçons) passent le **baccalauréat**. Nombre d'entre eux souhaitent accéder à des **études supérieures**. La plupart sont issus d'une nouvelle classe sociale : la classe moyenne.

L'influence américaine

La **domination économique** et l'influence **culturelle** des États-Unis (musique, cinéma) sont très fortes. Mais la présence américaine en Europe est aussi à l'origine d'une grande tension internationale liée à sa confrontation idéologique avec le bloc soviétique : la **guerre froide** (1947-1990).

Bonjour tristesse de Françoise Sagan

1945-1975 : UNE SOCIÉTÉ EN RECONSTRUCTION

L'ÉMANCIPATION FÉMININE APRÈS LA SECONDE GUERRE MONDIALE

1944 — Obtention du droit de vote (les femmes voteront pour la première fois en 1945).

1949 — Immense succès de l'essai féministe *Le Deuxième Sexe* de Simone de Beauvoir.

1965 — Autorisation pour la femme de travailler et d'ouvrir un compte en banque sans l'accord de son mari.

1967 — Légalisation et commercialisation de la pilule contraceptive.

1972 — Loi sur l'égalité des salaires hommes/femmes.

1974 — Loi sur la délivrance gratuite et anonyme de la pilule aux mineures.

1975 — Loi Veil autorisant l'interruption volontaire de grossesse (IVG).

1975 — Loi autorisant le divorce par consentement mutuel.

2000 — Loi sur la parité au sein des milieux politiques.

1945-1975 : UNE SOCIÉTÉ EN RECONSTRUCTION

Le théâtre traditionnel

Certains metteurs en scène innovants comme **Jean Vilar**, qui crée le **Festival d'Avignon** (1947) et le **TNP** (1951), proposent un théâtre classique revisité (avec **Gérard Philipe** dans *Ruy Blas* de Victor Hugo en 1954). Les spectateurs apprécient aussi le théâtre de divertissement d'auteurs contemporains comme **Marcel Achard** (*Patate*, 1956) ou **Jean Anouilh** (*Pauvre Bitos ou le Dîner de têtes*, 1956).

Le théâtre de l'absurde

Eugène Ionesco (*La Cantatrice chauve*, 1950) et **Samuel Beckett** (*En attendant Godot*, 1952) mettent en scène, avec une ironie amère, **l'incommunicabilité humaine et la déraison du monde** en utilisant parodiquement le langage.

THÉÂTRE, CINÉMA, MUSIQUE : LA TRADITION REMISE EN QUESTION

Saint-Germain-des-Prés, quartier parisien

Les artistes de tous bords se retrouvent régulièrement au café ***Les Deux Magots*** ou à la ***Brasserie Lipp***. Dans les cabarets, la jeunesse danse le **be-bop**, écoute le **jazz** de **Boris Vian** et les chansons de **Léo Ferré**, **Juliette Gréco**, **Mouloudji**, sur des paroles de **Raymond Queneau** ou **Jacques Prévert**. On y commente aussi les films des cinéastes de la Nouvelle Vague tels que **Jean-Luc Godard** (*À bout de souffle*, 1960) et **François Truffaut** (*Les Quatre Cents Coups*, 1959).

Bonjour tristesse de Françoise Sagan

1945-1975 : UNE SOCIÉTÉ EN RECONSTRUCTION

UNE NOUVELLE CONCEPTION DE LA LITTÉRATURE

Sartre et Camus

D'après les philosophes existentialistes, l'individu se définit par ses actes et ses choix. Le principal théoricien de l'**existentialisme** est le philosophe et écrivain **Jean-Paul Sartre** (*Les Mains sales*, théâtre, 1948). **Albert Camus**, quant à lui, montre l'**absurdité** de la vie (*L'Étranger*, 1942) tout en prônant la révolte (*La Chute*, 1956).

L'écriture féminine

L'influence de la romancière **Colette** (1873-1954) reste très forte. La philosophe **Simone de Beauvoir** publie en 1949 son essai féministe *Le Deuxième Sexe* qui fait scandale. Quant à **Marguerite Duras**, elle impose sa singularité d'écrivain en évoquant crûment la sensualité féminine (*Un barrage contre le Pacifique,* 1950).

Les Hussards et les indépendants

Certains écrivains comme **Roger Nimier** (*Le Hussard bleu*, 1950) ou **Antoine Blondin** (*Les Enfants du Bon Dieu*, 1952), qualifiés de « hussards », préfèrent la désinvolture des thèmes associée au classicisme du style. Ils s'opposent aux thèses existentialistes, de même que **Julien Gracq** (*Le Rivage des Syrtes*, 1951), **Jean Giono** (*Le Hussard sur le toit*, 1951) ou **Marguerite Yourcenar** (*Mémoires d'Hadrien*, 1951).

Le Nouveau Roman

Des auteurs (Alain Robbe-Grillet, Nathalie Sarraute, Claude Simon, Michel Butor) **renouvellent le genre du roman** en montrant que l'intrigue et les personnages ne sont plus essentiels.

Dossier Bibliocollège

4. Les figures littéraires de l'adolescente

Bonjour tristesse a énormément plu aux adolescentes des années 1960 qui se sont reconnues dans la revendication de Cécile à vouloir vivre heureuse, sans contrainte ni tabous, et épanouie sexuellement. En dévoilant ainsi la singularité et l'authenticité de son personnage sans se soucier des valeurs morales de l'époque, Françoise Sagan a fondamentalement modifié la figure de la jeune héroïne traditionnelle et donné de la voix à celles qui lui succéderont.

I – L'adolescente dans la littérature classique

➡ Des héroïnes soumises

Alors que les jeunes héros masculins comme Lancelot (*Le Chevalier de la charrette* de Chrétien de Troyes, XIIe siècle) ou Rodrigue (*Le Cid* de Corneille, 1637) prennent en main leur destin au cours de missions périlleuses et souvent glorieuses, les jeunes filles de la littérature sont **longtemps restées des victimes**.

> **À RETENIR**
> Dans la littérature classique, l'adolescente est une victime ; si elle se rebelle, elle sera punie.

Dans les tragédies antiques et classiques, elles sont généralement **obligées d'obéir** aux lois divines et aux contraintes politiques, telles Antigone (Sophocle) ou Iphigénie (Racine).

Un terme pour chaque âge

En latin, chaque âge de la vie a son terme propre :
– les enfants de moins de 7 ans sont des *infans* ;
– le garçon est *puer* jusqu'à 17 ans, puis *adulescens* (17-30 ans), *juvenis* (30-46 ans), *senior* (46-60 ans) et enfin *senex* ;
– la jeune fille est désignée par le terme *puella* ou *virgo* ; une fois mariée (*uxor* ou *conjux* à partir de 12 ans), elle est *matrona* et devient *anus* quand elle ne peut plus avoir d'enfants.

LES FIGURES LITTÉRAIRES DE L'ADOLESCENTE

Dans les contes traditionnels, ceux de Charles Perrault particulièrement, elles sont **convoitées** (Peau-d'Âne), **exploitées** (Cendrillon) et même **menacées** de mort (Blanche-Neige).
Dans les romans et les mélodrames du XIXe siècle, elles sont d'abord **maltraitées**, telle Cosette (*Les Misérables* de Victor Hugo, 1862), ou **humiliées**, comme Coelina (*Coelina ou l'Enfant du mystère* de Guilbert de Pixerécourt, 1800), avant de rencontrer leur sauveur. Même s'il arrive qu'exceptionnellement certaines prennent très jeunes une certaine indépendance, comme Manon Lescaut (abbé Prévost) ou Nana (Émile Zola), elles deviennent des filles de **mauvaise vie** et finissent dans la déchéance. Quant à celles qui ont fauté, volontairement ou non, elles se retrouvent filles-mères (élevant seule leur enfant) et continuent à exister dans la **honte** et le **déshonneur** comme Tess d'Uberville (Thomas Hardy).

➥ Des jeunes filles vertueuses

L'existence littéraire des jeunes filles est donc, le plus souvent, soumise à la loi des méchants et à **la tradition sexiste** qui privilégie l'homme et sa virilité : elles sont l'objet de la quête des héros, une sorte de prétexte puis de récompense à leurs exploits.
C'est par leur douceur, leur dévouement, leur humilité et aussi leur beauté qu'**elles glorifient les vertus féminines**. Munies de ces qualités intactes, elles peuvent espérer parvenir à la fin du récit : car, si elles n'ont pas disparu au cours de l'histoire, sacrifiées, martyrisées ou perdues, elles arrivent rayonnantes au dénouement pour « se marier et avoir de nombreux enfants ». Pour les adolescentes, en littérature comme dans la vraie vie, il s'agit alors du seul avenir enviable... Et celles qui auront manqué de sagesse éprouveront de bien **cruelles désillusions**, comme Marianne (*Raison et Sentiments* de Jane Austen, 1811) !

LES FIGURES LITTÉRAIRES DE L'ADOLESCENTE

Des adolescentes effacées

À la fin du XIXe siècle, cependant, on commence à définir la spécificité de cet « entre-deux-âges », à s'intéresser à l'adolescent et à ce que l'on nomme ses « crises » : en 1870, le jeune poète révolté **Arthur Rimbaud** devient son représentant. La IIIe République fait alors de l'adolescence une classe d'âge à part et prend une série de mesures la concernant... privilégiant cependant encore le garçon, dont on considérait qu'il devait vite passer à l'âge adulte, seul jugé digne d'intérêt.

> **À RETENIR**
> La fin du XIXe siècle marque un début de reconnaissance pour la jeune héroïne.

Jusqu'au début du XXe siècle, la jeune héroïne attend donc toujours aimablement, au sein de sa famille, de devenir **une épouse aimante et une mère accomplie**, comme la jolie Meg (*Les Quatre Filles du docteur March* de L. M. Alcott, 1868) ou la gentille Heidi (imaginée par Johanna Spyri en 1880). Certaines se montrent, malgré tout, **précocement délurées**, comme **Claudine** (Colette) qui provoqua un grand scandale en 1900.

II – L'adolescente au XXe siècle

Les premières indépendantes

Ce n'est que dans la première moitié du XXe siècle que les adolescents ont pu **se constituer en groupe social** disposant d'une culture distincte. La Première Guerre mondiale, la crise économique des années 1930 et le nouvel ordre social de l'après-guerre en 1950 ont favorisé les **changements de mentalités**. En outre, avec les progrès techniques qui font disparaître de nombreux postes dans les usines, la main-d'œuvre adolescente n'est plus la bienvenue sur le marché du travail. Les adolescents se regroupent et **se forgent leur propre culture** loin de leurs aînés. Ils ont désormais des idoles, surtout américaines comme l'acteur James Dean (*La Fureur de vivre* de Nicholas Ray, 1955) ou le chanteur Elvis Presley.

> **À RETENIR**
> L'implication des femmes dans l'effort de guerre (en usine, aux champs...) a fait évoluer les mentalités.

Les jeunes filles deviennent **des compagnes de sorties**. Elles se sentent les égales des garçons et commencent à imposer leur volonté. Elles rechignent de plus en plus à se soumettre aux contraintes sociales, telle Scarlett O'Hara (*Autant en emporte le vent* de Margaret Mitchell, 1936) ou Juliette (*Le Bal des voleurs*, pièce de Jean Anouilh, 1938), tout en restant de grandes et sincères amoureuses. Certaines s'opposent déjà secrètement à leurs parents et se vengent de leur autoritarisme, telle Antoinette Kampf (*Le Bal* d'Irène Némirovsky, 1930).

➥ La liberté revendiquée

Françoise Sagan est donc arrivée dans la littérature à un moment où elle pouvait trouver auprès d'un jeune lectorat des oreilles attentives et parfaitement réceptives aux confidences osées et intimes de son héroïne. Elle était alors certainement consciente de l'impertinence de son personnage, qui réclame le droit au plaisir et au bonheur immédiat, mais elle avait pour elle sa jeunesse et le **soutien des féministes**, notamment de Simone de Beauvoir qui publie en 1958 les *Mémoires d'une jeune fille rangée*. Cécile est devenue une personnalité.

Depuis 60 ans, elle permet à de nombreuses jeunes héroïnes de trouver leur place dans la littérature contemporaine grâce à des auteurs comme Amélie Nothomb, Nina Bouraoui, Anna Gavalda, Moka, Delphine de Vigan, Brigitte Smadja, Susie Morgenstern... Les écrivains contemporains **abordent** désormais **sans retenue les thèmes les plus variés** (amour et amitié, anorexie, addiction, passion artistique, rapports familiaux ou amoureux complexes, choix professionnels...) et offrent à leurs lecteurs, adolescents ou adultes, la possibilité de partager avec leurs personnages les moments forts et si riches de cet « entre-deux-âges ».

5) Le roman

On désigne généralement par le mot *roman* un texte narratif fictif en prose, relativement long, qui relate une série d'événements et comporte souvent un nombre important de personnages. Le narrateur raconte les aventures de l'un d'entre eux, ou les siennes, en donnant une certaine vision du monde dans lequel ils évoluent.

I – Une histoire complexe

➡ L'origine du nom *roman*

Les premières œuvres écrites racontant des histoires sont apparues dans l'Antiquité et étaient rédigées en **latin**. Au Moyen Âge, elles étaient toujours écrites dans cette langue que seuls des religieux et des lettrés maîtrisaient. C'est pourquoi, afin de les rendre accessibles à un public plus large, certains textes ont été progressivement traduits puis rédigés en **roman**, la langue alors parlée en France avant l'ancien français.

> **À RETENIR**
> À l'origine, on désigne par *romans* tous les textes écrits en langue romane, quels que soient leur forme et leur contenu.

Le mot *romans* désignait donc, à l'origine, tous les **textes écrits dans la langue romane**, aussi bien en vers qu'en prose, narratifs ou non. Ils se distinguaient ainsi des textes officiels ou religieux que l'on continuait de rédiger en latin.

➡ Les débuts du genre

Les textes que l'on pourrait qualifier actuellement de « romans » sont apparus en Grèce au Ier siècle avant J.-C. Ils étaient écrits en prose et avaient pour objectif de **distraire le lecteur**. Leur caractéristique principale était de présenter des personnages dans

> **À RETENIR**
> Le genre existait déjà dans l'Antiquité grecque.

un **cadre imaginaire** et idéalisé, vivant des **intrigues amoureuses** complexes et confrontés à de **nombreuses péripéties** (comme dans *Daphnis et Chloé* de Longus). En cela, ils se différenciaient des épopées, récits guerriers dont les héros étaient un groupe (l'*Iliade* et l'*Odyssée* d'Homère, par exemple).

➡ Évolution

Peu à peu, ces récits ont raconté des événements **plus proches de la réalité** en reflétant des idéaux politiques et culturels de leur époque. Ils suivaient une même trame narrative : un héros, au destin exceptionnel, part en mission pour accéder finalement à la gloire. Ainsi, au Moyen Âge, les romans de chevalerie de Chrétien de Troyes s'inspirent-ils de la légende du roi Arthur et de la quête du Graal. Par la suite, des romans parodiant ces récits chevaleresques ont fait leur apparition : *Le Roman de Renart* (fin XIIe-début XIIIe siècle), dont l'auteur est inconnu, puis *Gargantua* (1534) de François Rabelais et *Don Quichotte* (1605-1615) de l'écrivain espagnol Cervantès. Ces textes ont été les premiers à **mélanger les langages et les genres** (ceux du théâtre et particulièrement de la farce, par exemple). À partir du XVIIe siècle, les auteurs ont diversifié les approches et les expériences romanesques.

> **À RETENIR**
>
> Le schéma narratif rend compte des différentes étapes de l'histoire : situation initiale, perturbation, péripéties, résolution, situation finale.

II – L'âge d'or du roman

➡ L'apogée au XIXe siècle

Au XIXe siècle, le roman est parvenu à son apogée et **ses règles sont désormais fixées**. On le définit comme un récit plutôt long (et même parfois très long, comme *Les Misérables* de Victor Hugo qui contient plus de 513 000 mots !), découpé en chapitres, raconté au passé et qui contient un très grand nombre de descriptions et de portraits.

La plupart des auteurs y privilégient le **réalisme**, c'est-à-dire la vraisemblance des intrigues souvent

> **À RETENIR**
>
> Même si son histoire est fictive, c'est-à-dire inventée, l'auteur cherche souvent l'« effet de réel » pour donner l'impression au lecteur que ce qui est raconté est vrai.

inspirées de faits réels. Les personnages sont nombreux, appartiennent à **toutes les couches de la société** et se caractérisent par leur **psychologie**. Certains écrivains racontent même longuement l'histoire de leur filiation dans une fresque romanesque : ainsi, Émile Zola, à travers 20 romans, brosse le portrait de chaque membre d'une famille sous le Second Empire, les Rougon-Macquart (1871-1893).

➡ Un succès populaire

Le roman est donc devenu un genre populaire. Il remporte un très grand succès auprès des lecteurs qui suivent, au jour le jour, les aventures de leurs héros dans les **feuilletons des gazettes** (le feuilleton désignait la partie de page d'un journal où était imprimé un épisode du roman à suivre de numéro en numéro).

Deux nouveaux types de récits font alors leur apparition et passionnent le public : le roman **policier**, comme *L'Affaire Lerouge* (1863-1866) d'Émile Gaboriau, et le roman de **science-fiction**, dont Jules Verne fut l'un des maîtres avec ses *Voyages extraordinaires*.

Ne confondez pas *romanesque* et *romantique* !

L'adjectif *romanesque* qualifie « un événement ou une personne que l'on pourrait trouver dans un roman » (comme le héros, par exemple). *Romantique* désigne « ce qui est propre au romantisme », mouvement littéraire du XIXe siècle dont Victor Hugo, Théophile Gautier, Alphonse de Lamartine et Alfred de Musset sont les principaux représentants en France.

LE ROMAN

> ### Le « point de vue »
>
> Pour faire le récit d'un événement, le narrateur choisit un **point de vue** :
> – s'il raconte les faits comme s'il était un personnage, son point de vue est **interne**. Il ne dit donc rien de plus que ce que sait, voit ou ressent ce personnage ;
> – s'il raconte les faits de l'extérieur, comme un témoin neutre et sans entrer dans les pensées des personnages, il adopte un point de vue **externe** ;
> – s'il sait tout des personnages (leurs pensées, leur passé, leur avenir...), s'il peut tout voir et raconter ce qui se passe dans plusieurs lieux et à différentes époques, son point de vue est **omniscient**.
> Au cours du récit, le narrateur peut faire **varier les points de vue**.

Tous les thèmes sont désormais abordés, toutes les formes littéraires exploitées : le roman peut entrer sans contraintes formelles dans le XXe siècle, durant lequel il fera l'objet de nombreuses expérimentations et remises en question.

➥ **Un genre méprisé**

Cependant, jusqu'à la moitié du XXe siècle, le roman est encore considéré comme un divertissement de **médiocre qualité littéraire**, contrairement à la poésie et au théâtre classique. Il est **rejeté par l'Église** qui dénonce sa **mauvaise influence** sur ses lecteurs et l'accuse d'aborder des thèmes immoraux, comme l'adultère ou la sexualité. Lors de la parution de son roman *Madame Bovary* (1857), Gustave Flaubert sera d'ailleurs poursuivi (et finalement acquitté) pour « *outrage à la morale publique et religieuse et aux bonnes mœurs* »... Un siècle plus tard, Françoise Sagan sera, à son tour, vivement critiquée pour le comportement de l'héroïne de *Bonjour tristesse* qui goûte sans scrupules aux plaisirs de la chair.

III – Un genre difficile à définir

➡ Les sous-genres romanesques

Le roman reste toujours un genre **difficile à définir**. Il se caractérise essentiellement par son **foisonnement** et sa **variété** – ce qui justifie le très grand nombre de sous-genres qu'on peut lui attribuer : historique ou policier ; baroque ou à thèse ; de cape et d'épée, d'aventures ou à l'eau de rose ; d'anticipation ou de science-fiction ; sentimental, politique, courtois ou épistolaire ; héroïque, autobiographique ou pastoral ; noir ou gothique ; fantastique ou d'horreur ; picaresque ou satirique…

> **À RETENIR**
> Dans le roman se mêlent les différents discours (direct, indirect, indirect libre), des descriptions et des portraits, le récit des événements, les commentaires du narrateur.

➡ Une écriture sans contraintes

Quoi qu'il en soit, le roman offre une **grande liberté** d'écriture aux écrivains qui peuvent y aborder tous les thèmes, y mêler toutes les formes, toutes les structures, tous les cadres spatio-temporels, tous les registres (tragique, lyrique, comique…) et y raconter toutes sortes d'aventures selon différents points de vue. Il autorise l'**audace** et l'**originalité**, dont ont fait preuve les romanciers du XXe siècle. Un genre dont les générations futures n'ont certainement pas fini de faire le tour !

> **À RETENIR**
> On peut trouver, dans un roman, d'autres types d'écrits comme la lettre ou le poème.

6 Mensonges et manipulations

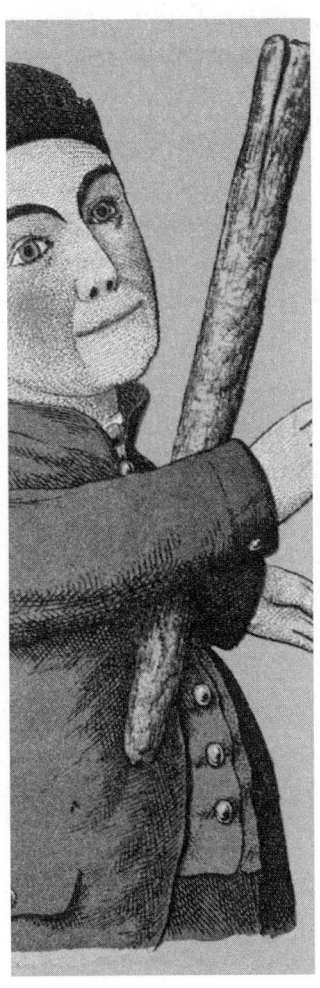

Parce qu'elle est vexée et frustrée, égoïstement inquiète pour son avenir de jeune fille libre et gâtée, Cécile entre dans le jeu cruel du mensonge et de la manipulation. Tous ses proches deviennent alors ses instruments, et elle exerce sur chacun d'eux un pouvoir qui a vite fait de la griser.

Sous la plume d'autres écrivains, des personnages ont découvert avec ravissement le pouvoir des mots hypocrites et révélé au lecteur leurs perfides stratégies, telle la marquise de Merteuil le racontant fièrement à Valmont ou Laurent évaluant froidement son intérêt à séduire Thérèse Raquin.

En apparence doux et aimables, ils soumettent à leur volonté des êtres naïfs et sincères : ainsi Christa se sert-elle de la fragile héroïne d'Amélie Nothomb, tandis que la séductrice de Maupassant collectionne les cœurs des hommes.

Le Caravage, quant à lui, donne à voir, par la peinture, les gestes et les visages du mensonge et de la tromperie, présentant depuis des siècles aux yeux du monde la fausseté possible et universelle des relations humaines.

Dossier Bibliocollège

1) Choderlos de Laclos, *Les Liaisons dangereuses*

Pierre Choderlos de Laclos est un écrivain de la seconde moitié du XVIIIe siècle, surtout connu pour son roman épistolaire *Les Liaisons dangereuses*, dont l'intrigue s'élabore uniquement à partir de la correspondance échangée par les personnages.

La marquise de Merteuil et le vicomte de Valmont ont organisé une sorte de concours : le « vainqueur » sera celui qui parviendra le mieux à manipuler les personnes les plus pures et les plus sensibles. Dans les lettres qu'ils s'envoient, ils se racontent leurs exploits.

LETTRE LXXXI

LA MARQUISE DE MERTEUIL AU VICOMTE DE VALMONT

Entrée dans le monde[1] dans le temps où, fille encore[2], j'étais vouée par état[3] au silence et à l'inaction, j'ai su en profiter pour observer et réfléchir. Tandis qu'on me croyait étourdie[4] ou distraite, écoutant peu à la vérité les discours qu'on s'empressait à me tenir, je recueillais avec soin ceux qu'on cherchait à me cacher.

Cette utile curiosité, en servant à m'instruire, m'apprit encore à dissimuler : forcée souvent de cacher les objets de mon attention[5] aux yeux de ceux qui m'entouraient, j'essayai de guider les miens à mon gré[6] ; j'obtins dès lors de prendre à volonté ce regard distrait que vous avez loué[7] si souvent. Encouragée par ce premier succès, je tâchai de régler de même les divers mouvements de ma figure. [...]

J'étais bien jeune encore, et presque sans intérêt : mais je n'avais à moi que ma pensée, et je m'indignais qu'on pût me

---

Notes

1. **le monde** : la haute société.
2. **fille encore** : non mariée.
3. **vouée par état** : condamnée de ce fait.
4. **étourdie** : écervelée, sans réflexion.
5. **les objets de mon attention** : ce qui m'intéressait.
6. **à mon gré** : comme j'en avais envie.
7. **que vous avez loué** : pour lequel vous m'avez félicitée.

la ravir[1] ou me la surprendre contre ma volonté. Munie de ces premières armes, j'en essayai l'usage : non contente de ne plus me laisser pénétrer[2], je m'amusais à me montrer sous des formes différentes ; sûre de mes gestes, j'observais mes discours ; je réglai les uns et les autres, suivant les circonstances, ou même seulement suivant mes fantaisies : dès ce moment, ma façon de penser fut pour moi seule, et je ne montrai plus que celle qu'il m'était utile de laisser voir. [...]

Je n'avais pas quinze ans, je possédais déjà les talents auxquels la plus grande partie de nos politiques doivent leur réputation, et je ne me trouvais encore qu'aux premiers éléments de la science que je voulais acquérir. [...]

De..., ce 20 septembre 17**

Choderlos de Laclos, *Les Liaisons dangereuses*, 1782.

Questions sur le texte ❶

A. Quels *« talents »* la marquise de Merteuil a-t-elle acquis dès l'âge de 15 ans ? Pour quelle raison a-t-elle décidé de les acquérir ?

B. Montrez que la Marquise est fière de sa réussite dans l'art de la manipulation.

C. À qui, selon la Marquise, cet art profite-t-il habituellement ?

❷ Guy de Maupassant, *Notre Cœur*

De 1880 à 1890, Guy de Maupassant a publié 6 romans et plus de 300 nouvelles dans lesquels il privilégie portraits et descriptions afin de donner, disait-il, une *« vision plus complète [...] que la réalité même »*.

Notes

1. la ravir : l'enlever.

2. ne plus me laisser pénétrer : faire en sorte qu'on ne devine plus ce que je pensais.

Dans *Notre Cœur*, son dernier roman, André Mariolle, célibataire aisé, est amoureux d'une femme coquette et cruelle qui va exercer tout son pouvoir de séduction pour le détruire.

> Elle connaissait si bien cela, la rouée[1] ! Elle avait fait naître si souvent, avec une adresse féline et une curiosité inépuisable, ce mal secret et torturant dans les yeux de tous les hommes qu'elle avait pu séduire ! Cela l'amusait tant de les sentir envahis peu à peu, conquis, dominés par sa puissance invincible de femme, de devenir pour eux l'Unique, l'Idole capricieuse et souveraine ! Cela avait poussé en elle tout doucement, comme un instinct caché qui se développe, l'instinct de la guerre et de la conquête. […] Son cœur cependant n'était point avide d'émotions comme celui des femmes tendres et sentimentales ; elle ne recherchait point l'amour unique d'un homme ni le bonheur dans une passion. Il lui fallait seulement autour d'elle l'admiration de tous, des hommages, des agenouillements, un encensement[2] de tendresse. […] Une fois enrégimenté[3] dans son troupeau d'adorateurs, il semblait qu'on lui appartînt de par le droit de conquête[4]. Elle les gouvernait avec une adresse[5] savante, suivant leurs défauts et leurs qualités et la nature de leur jalousie. Ceux qui demandaient trop, elle les expulsait au jour voulu, les reprenait ensuite, assagis, en leur posant des conditions sévères ; et elle s'amusait tellement, en gamine perverse, à ce jeu de séduction, qu'elle trouvait aussi charmant d'affoler les vieux messieurs que de tourner la tête aux jeunes.
>
> Guy de Maupassant, *Notre Cœur*, 1890.

Notes

1. **la rouée** : personne habile et sans scrupules.
2. **encensement** : manifestations de dévotion, comme à une déesse.
3. **enrégimenté** : incorporé et, de ce fait, perdant tout jugement et sa liberté individuelle.
4. **de par le droit de conquête** : comme si l'on avait été vaincu par une force armée et qu'elle avait des droits de conquérant.
5. **adresse** : habileté.

MENSONGES ET MANIPULATIONS

> **Questions sur le texte ❷**
>
> **A.** Quel sentiment les points d'exclamation des trois premières phrases soulignent-ils ?
>
> **B.** Relevez les mots appartenant au vocabulaire militaire. Que pouvez-vous en déduire de la relation établie par la femme avec ses nombreux amoureux ?

❸ Émile Zola, *Thérèse Raquin*

Émile Zola (1840-1902) est considéré comme le chef de file du naturalisme, mouvement littéraire de la fin du XIXe siècle. Les romanciers naturalistes s'appuient sur les découvertes scientifiques pour montrer l'influence du milieu social, de l'environnement et de l'hérédité sur l'individu.

Camille Raquin a retrouvé par hasard Laurent, un ami d'enfance. Il le présente à sa femme et à sa mère qui vit chez eux. Or sa femme, Thérèse, n'est pas insensible au charme de Laurent, qui compte bien profiter de l'opportunité.

> Laurent, en revenant le soir à la rue Saint-Victor, se faisait de longs raisonnements ; il discutait avec lui-même s'il devait, ou non, devenir l'amant de Thérèse.
>
> [...]
>
> — Ma foi, tant pis, s'écriait-il, je l'embrasse à la première occasion... Je parie qu'elle tombe tout de suite dans mes bras.
>
> Il se remettait à marcher, et des indécisions le prenaient.
>
> — C'est qu'elle est laide, après tout, pensait-il. Elle a le nez long, la bouche grande. Je ne l'aime pas du tout, d'ailleurs. Je vais peut-être m'attirer quelque mauvaise histoire. Cela demande réflexion.
>
> Laurent, qui était très prudent, roula ces pensées dans sa tête pendant une grande semaine. Il calcula tous les incidents possibles d'une liaison avec Thérèse ; il se décida seulement à tenter l'aventure, lorsqu'il se fut bien prouvé qu'il avait un réel intérêt à le faire.

GROUPEMENT DE TEXTES

Pour lui, Thérèse, il est vrai, était laide, et il ne l'aimait pas ; mais, en somme, elle ne lui coûterait rien ; les femmes qu'il achetait à bas prix n'étaient, certes, ni plus belles ni plus aimées. L'économie lui conseillait déjà de prendre la femme de son ami. D'autre part, depuis longtemps il n'avait pas contenté ses appétits ; l'argent étant rare, il sevrait sa chair[1], et il ne voulait point laisser échapper l'occasion de la repaître[2] un peu. Enfin, une pareille liaison, en bien réfléchissant, ne pouvait avoir de mauvaises suites : Thérèse aurait intérêt à tout cacher, il la planterait là aisément quand il voudrait ; en admettant même que Camille découvrît tout et se fâchât, il l'assommerait d'un coup de poing, s'il faisait le méchant. La question, de tous les côtés, se présentait à Laurent facile et engageante.

Dès lors, il vécut dans une douce quiétude[3], attendant l'heure. À la première occasion, il était décidé à agir carrément. Il voyait, dans l'avenir, des soirées tièdes. Tous les Raquin travailleraient à ses jouissances : Thérèse apaiserait les brûlures de son sang ; Mme Raquin le cajolerait comme une mère ; Camille, en causant avec lui, l'empêcherait de trop s'ennuyer, le soir, dans la boutique.

Émile Zola, *Thérèse Raquin*, 1867.

Questions sur le texte ❸

A. Classez, en deux colonnes, les arguments de Laurent : d'une part, ceux qui justifient d'établir une liaison amoureuse avec Thérèse ; d'autre part, ceux qui l'incitent à y renoncer.

B. Qu'a finalement décidé Laurent concernant Thérèse ?

C. En quoi les réflexions de Laurent sont-elles contraires à la morale ?

Notes

1. **sevrait sa chair** : se privait de plaisirs sexuels.
2. **de la repaître** : d'assouvir ses besoins.
3. **quiétude** : tranquillité d'esprit.

4) Amélie Nothomb, *Antéchrista*

Amélie Nothomb, écrivain belge francophone, est née en 1967 à Kobe, au Japon. Elle a écrit plus de 20 romans dans lesquels elle mêle le plus souvent des éléments autobiographiques et fictionnels. Blanche, la narratrice, est timide et mal dans sa peau. Elle rencontre une jeune fille fascinante, étudiante comme elle. Comme Christa habite loin de l'université, Blanche lui propose de l'héberger chez ses parents une nuit par semaine sans se douter du piège que sa nouvelle amie lui tend.

> En temps normal, mes parents et moi mangions chacun de notre côté, qui sur un coin de table de cuisine, qui devant la télévision, qui au lit, sur un plateau.
>
> Ce soir-là, comme nous avions une invitée, ma mère jugea bon de préparer un vrai dîner et de nous réunir à table. Quand elle nous appela, je soupirai de soulagement à l'idée de ne plus être seule avec mon bourreau.
>
> – Bonsoir, mademoiselle, dit mon père.
>
> – Appelez-moi Christa, répondit-elle avec une aisance formidable et un sourire lumineux.
>
> Elle s'approcha de lui et, à sa surprise et à la mienne, elle lui colla deux baisers sur les joues. Je vis que mon père était étonné et charmé.
>
> – C'est gentil de m'héberger pour cette nuit. Votre appartement est magnifique.
>
> – N'exagérons rien. Nous l'avons seulement bien arrangé. Si vous aviez vu l'état dans lequel nous l'avons trouvé, il y a vingt ans! Ma femme et moi, nous avons...
>
> Et il se lança dans un récit interminable au cours duquel il ne nous épargna aucun détail des travaux fastidieux[1] qui avaient été effectués. Christa était suspendue à ses lèvres, comme si ce qu'il racontait la passionnait.

Note

1. **fastidieux** : épuisants et pénibles.

– C'est délicieux, dit-elle en reprenant le plat que ma mère lui tendait.

Mes parents étaient ravis. [...]

– Que font vos parents ? demanda mon père.

Je jubilai[1] à l'idée qu'elle lui réponde, comme à moi : « Vous êtes indiscret ! »

Hélas, Christa, au terme d'un petit silence très étudié, déclara avec une simplicité tragique :

– Je viens d'un milieu défavorisé.

Et elle baissa les yeux.

Je vis qu'elle venait de gagner dix points dans les sondages.

Aussitôt après, avec l'entrain d'une fille courageusement pudique, elle déclara :

– Si mes calculs sont exacts, à la fin du printemps, je devrais pouvoir louer quelque chose.

– Mais ce sera la préparation des examens ! Vous ne pourrez pas concilier[2] tant d'efforts ! dit ma mère.

– Il faudra bien, répondit-elle.

J'avais envie de la gifler. Je mis cela sur le compte de mon mauvais esprit et m'en voulus.

Enjouée, Christa reprit la parole :

– Vous savez ce qui me ferait plaisir ? Qu'on se tutoie – si toutefois vous m'y autorisez. C'est vrai, vous êtes jeunes, je me sens stupide de vous vouvoyer.

– Si tu veux, dit mon père qui souriait d'une oreille à l'autre.

Je la trouvais d'un sans-gêne incroyable et j'enrageais que mes parents fussent séduits.

Au moment de rejoindre notre chambre elle embrassa ma mère en disant :

– Bonne nuit, Michelle.

Puis mon père :

– Bonne nuit, François.

Notes

1. **Je jubilai** : je me réjouis.
2. **concilier** : produire en même temps.

Bonjour tristesse de Françoise Sagan

> Je regrettai de lui avoir donné leur prénom, comme une victime torturée regrette d'avoir livré son réseau[1].

Amélie Nothomb, *Antéchrista*, Albin Michel, 2003.

Questions sur le texte ❹

A. Relevez les phrases qui indiquent que Christa se comporte comme une actrice.

B. Quels sont les procédés employés par Christa pour séduire les parents de la narratrice ?

C. Quels sentiments la narratrice éprouve-t-elle à l'égard de Christa, à l'égard de ses parents et vis-à-vis d'elle-même ?

❺ Le Caravage, *Les Tricheurs* (1594-1595)

Michelangelo Merisi da Caravaggio, peintre italien du XVIe siècle, est célèbre pour son emploi de la technique du clair-obscur, effet de contraste (provoqué par la reproduction des ombres et de la lumière projetées sur les objets) qui accentue le réalisme de ses œuvres.

Tableau reproduit sur le plat III de couverture.

Questions sur l'image ❺

A. À quel milieu social les personnages du tableau appartiennent-ils ? Justifiez votre réponse.

B. Qui sont les « *tricheurs* » indiqués par le titre du tableau ? Comment les avez-vous reconnus ?

C. Quel personnage est mis en valeur ? Par quel moyen ? Pour quelle raison le peintre a-t-il fait ce choix, à votre avis ?

Note : 1. **réseau** : ensemble de personnes qui mènent une action (parfois clandestine).

7. Et par ailleurs...

L'année 2014 marque le 60ᵉ anniversaire de la parution de *Bonjour tristesse*. Roman le plus connu et le plus lu de Françoise Sagan, il a inspiré des chanteurs et des compositeurs, a été adapté au cinéma et traduit en une vingtaine de langues, dont le coréen, le chinois, l'hindi, le roumain, le letton...

Amis

« Contrairement à ce qui se dit, ce n'est pas pendant la jeunesse qu'on les rencontre le plus souvent mais plus tard, quand l'ambition de plaire est remplacée par l'ambition de partager. »

Françoise Sagan

LIVRES LUS

L'actrice française Catherine Deneuve a enregistré *Bonjour tristesse* pour les éditions Des femmes en 1986. « J'ai eu un plaisir fou à lire Sagan, confia-t-elle au *Nouvel Observateur* (janv. 1987). *Je souriais souvent en la lisant. Sans doute parce que tout m'attendrissait [...]. C'est un texte qui n'a pas vieilli, toujours aussi juste, exact, avec cette simplicité qui vous donne du plaisir.* » Jacqueline Pagnol en 1955 (éd. Frémeaux & Associés, 2004) et Sara Giraudeau en 2008 (éd. Audiolib, 2008) ont également enregistré ce texte.

BIOPIC

Dans *Sagan* de Diane Kurys (2008), Sylvie Testud interprète le rôle de l'écrivain.

D'après son générique, ce film s'inspire fidèlement de la vie de Françoise Sagan mais prend des libertés avec certains personnages qui l'ont entourée. Son fils Denis Westhoff conteste cependant certains événements qui y sont relatés.

SUR LA TOILE

On peut trouver, sur YouTube, le court-métrage *Encore un hiver* réalisé en 1974 par Françoise Sagan.

Bonjour tristesse de Françoise Sagan

ADAPTATIONS

Bonjour tristesse est le titre original du film américain réalisé par Otto Preminger en 1958. Jean Seberg (Cécile), David Niven (Raymond), Deborah Kerr (Anne), Mylène Demongeot (Elsa) et Geoffrey Horne (Cyril, nommé Philippe dans le film) y interprètent les rôles principaux.

Françoise Sagan n'aimait pas beaucoup cette adaptation de son roman, tout en reconnaissant des qualités artistiques au film. Elle regrettait surtout que le réalisateur n'ait pas adopté le point de vue de Cécile, qui y apparaît comme un personnage figé, sans grande personnalité. Pour elle, Jean Seberg ne correspondait pas au rôle.

Il existe également un coffret « Sagan » contenant une adaptation pour la télévision de *Bonjour tristesse*, réalisée par Peter Kassovitz en 1995, sur un scénario de Pierre Uytterhoeven, avec Sarah Bertrand (Cécile), Christine Boisson (Anne), Marie Bariller (Elsa) et François Marthouret (Raymond).

Amour

« *Ce qui compte, ce n'est pas ce que fait quelqu'un mais quelqu'un. Sa présence* » (Françoise Sagan).

CHANSONS

La chanson *Bonjour tristesse* du film d'Otto Preminger est interprétée par Juliette Gréco. La musique a été composée par Georges Auric et les paroles sont d'Arthur Laurents en anglais et de Jacques Datin et Henri Lemarchand en français.

Les chansons écrites par Françoise Sagan et mises en musique par le compositeur Michel Magne (entre 1956 et 1961), ainsi que le ballet *Le Rendez-vous manqué* (1958) ont été publiés aux éditions Frémeaux & Associés : *Françoise Sagan et Michel Magne : chansons et ballet*. On trouve également, dans ce coffret, un livret documenté d'Olivier Julien qui retrace leur collaboration artistique.

Sur son album *La Vie Théodore* (2005), Alain Souchon a publié une chanson sur Françoise Sagan intitulée *Bonjour tristesse*.

ET PAR AILLEURS...

ÉPITAPHE

À la demande de Jérôme Garcin pour le *Dictionnaire des écrivains contemporains de langue française par eux-mêmes* (Mille et Une Nuits, 1998), Françoise Sagan rédigea sa propre épitaphe : « *Sagan, Françoise. Fit son apparition en 1954, avec un mince roman, "Bonjour tristesse", qui fut un scandale mondial. Sa disparition, après une vie et une œuvre également agréables et bâclées, ne fut un scandale que pour elle-même.* »

Association Françoise Sagan
164, bd Pereire, 75017 Paris
www.francoisesagan.fr

Le site donne de nombreuses informations sur l'auteur, l'intégralité de sa bibliographie (classement par genres) et propose des documents d'archives (photos, vidéos et audios). Il permet également de se tenir informé de l'actualité et des différentes actions entreprises autour de l'œuvre de Françoise Sagan (en particulier, celles qui concernent le Prix Françoise Sagan).

CONSEILS de LECTURE

- Alain Vircondelet, *Sagan : un charmant petit monstre*, Flammarion, 2002.
- Guillaume Durand, *Il était une fois Françoise Sagan*, Jacques-Marie Laffont, 2005.
- Denis Westhoff, *Sagan et Fils*, Stock, 2012.
- Denis Westhoff, *Françoise Sagan, ma mère*, Flammarion, 2012 (contient de nombreuses photographies, dont certaines inédites).
- Bertrand Meyer-Stabley, *Françoise Sagan : le tourbillon d'une vie*, Pygmalion, 2014.

Dans la même collection (suite et fin)

MÉRIMÉE
  La Vénus d'Ille (13)
  Tamango (66)
MOLIÈRE
  L'Avare (16)
  Le Bourgeois gentilhomme (33)
  L'École des femmes (24)
  Les Femmes savantes (18)
  Les Fourberies de Scapin (1)
  George Dandin (45)
  Le Malade imaginaire (5)
  Le Médecin malgré lui (7)
  Le Médecin volant – L'Amour médecin (76)
  Les Précieuses ridicules (80)
MONTESQUIEU
  Lettres persanes (47)
MUSSET
  Les Caprices de Marianne (85)
NÉMIROVSKY
  Le Bal (57)
OLMI
  Numéro Six (90)
ORWELL
  La Ferme des animaux (98)
PERRAULT
  Contes (6)
POE
  Le Chat noir et autres contes (34)
  Le Scarabée d'or (53)
RABELAIS
  Gargantua – Pantagruel (25)
RENARD
  Poil de carotte (32)
ROSTAND
  Cyrano de Bergerac (95)
SAGAN
  Bonjour tristesse (88)
SAND
  La Mare au diable (4)
  Le Chêne parlant (97)
SHAKESPEARE
  Roméo et Juliette (71)

STENDHAL
  Vanina Vanini (61)
STEVENSON
  L'Île au trésor (48)
STOKER
  Dracula (81)
VALLÈS
  L'Enfant (64)
VERNE
  Le Tour du monde en quatre-vingts jours (73)
  Un hivernage dans les glaces (51)
VOLTAIRE
  Micromégas et autres contes (14)
  Zadig ou la Destinée (72)
WILDE
  Le Fantôme de Canterville (36)
ZOLA
  Au bonheur des dames (78)
  Jacques Damour et autres nouvelles (39)
ZWEIG
  Le Joueur d'échecs (87)

Dans la même collection

ANONYMES
  Ali Baba et les quarante voleurs (37)
  La Bible (15)
  Fabliaux du Moyen Âge (20)
  La Farce de Maître Pathelin (17)
  Gilgamesh (83)
  Les Mille et Une Nuits (93)
  Le Roman de Renart (10)
  Tristan et Iseult (11)

ANTHOLOGIES
  Dire l'amour, de l'Antiquité à nos jours (91)
  Poèmes 6e-5e (40)
  Poèmes 4e-3e (46)
  Textes de l'Antiquité (63)
  Théâtre pour rire 6e-5e (52)

ALAIN-FOURNIER
  Le Grand Meaulnes (77)

ANDERSEN
  La Petite Sirène et autres contes (27)

BALZAC
  Le Colonel Chabert (43)

CARROLL
  Alice au pays des merveilles (74)

CHRÉTIEN DE TROYES
  Lancelot ou le Chevalier de la charrette (62)
  Perceval ou le Conte du Graal (70)
  Yvain ou le Chevalier au lion (41)

CHRISTIE
  Nouvelles policières (21)

COLETTE
  La Maison de Claudine (100)

CORNEILLE
  Le Cid (2)

COURTELINE
  Comédies (69)

DAUDET
  Lettres de mon moulin (28)

DOYLE
  Le Chien des Baskerville (49)

FLAUBERT
  Un cœur simple (31)

GAUTIER
  La Cafetière et autres contes fantastiques (19)
  Le Capitaine Fracasse (56)

GRIMM
  Contes (44)

HOMÈRE
  Odyssée (8)

HUGO
  Claude Gueux (65)
  L'épopée de Gavroche, extraits des *Misérables* (96)
  Les Misérables (35)

LABICHE
  Le Voyage de Monsieur Perrichon (50)

LA FONTAINE
  Fables (9)

LEBLANC
  Arsène Lupin, Gentleman-cambrioleur, 3 nouvelles intégrales (99)

LEPRINCE DE BEAUMONT
  La Belle et la Bête et autres contes (68)

LÉRY
  Voyage en terre de Brésil (26)

LONDON
  L'Appel de la forêt (84)

MARIVAUX
  L'Île des esclaves (94)

MAUPASSANT
  Boule de Suif (60)
  Le Horla et cinq nouvelles fantastiques (22)
  Nouvelles réalistes (92)
  Toine et autres contes (12)